潮打石城

程章灿 —— 著

凤凰出版社

图书在版编目（CIP）数据

潮打石城 / 程章灿著. -- 南京：凤凰出版社，
2025. 6. -- ISBN 978-7-5506-4539-4

Ⅰ. I267.1

中国国家版本馆CIP数据核字第2025L7K175号

书　　　名	潮打石城
著　　　者	程章灿
责 任 编 辑	徐珊珊　许　勇
装 帧 设 计	姜　嵩
责 任 监 制	程明娇
出 版 发 行	凤凰出版社(原江苏古籍出版社)
	发行部电话025-83223462
出版社地址	江苏省南京市中央路165号,邮编:210009
照　　　排	南京凯建文化发展有限公司
印　　　刷	江苏苏中印刷有限公司
	江苏省泰州市经济开发区鲍徐镇,邮编:225315
开　　　本	787毫米×1092毫米　1/32
印　　　张	8.5
字　　　数	160千字
版　　　次	2025年6月第1版
印　　　次	2025年6月第1次印刷
标 准 书 号	ISBN 978-7-5506-4539-4
定　　　价	58.00元

(本书凡印装错误可向承印厂调换,电话:0523-82099008)

小　引

"山围故国周遭在，潮打空城寂寞回。"这座"空城"就是石头城，简称石城，就是今天的南京。

"山围故国"与"潮打空城"，城国相对，山水相映，多好的对偶啊，仿佛天造地设。自从刘禹锡写下这样美妙的诗句，我阅读南京的随笔写作，似乎就有了一个宿命的目标：在《山围故国》之后，再续以《潮打石城》。此事可以有，此书必须有。

大约七年前，我曾在某个公开场合，向在场的许多师友和学生们承诺，我打算围绕对南京城的阅读，写一百篇左右的随笔，但我并没有给自己确定具体的完成时间，生怕作茧自缚。时间不知不觉地过去了，四五年之后，点检工作成绩，居然已经完成了一百来篇随笔，这个效率有点出乎我的意料。我虽然郑重于自己的承诺，但对于这一批千字短文的写作，并没有安排一整段时间，也没有整体的规划，乘兴而行，兴尽即返。利用零碎的时间，编织零散的材料，写成细碎的篇章，不敢自诩集腋成裘，但积少成多，废旧利用，三冬文史，乐在其中。这种轻松随意的感觉，希望能够通过我的文字，多少分享一点给我的读者们。

这百来篇随笔，原先大多曾在我的新浪博客（"廿年远在帝王州"）或腾讯个人微信公众号（"金陵帝王州"）上刊载过，今年抽空琢磨，有所润色，转换成纸本出版。这也算是一种凤凰涅槃吧。其中的55篇编成《山围故国：旧闻新语读南京》，今年7月已由南京大学出版社出版。另有56篇，则编成这本《潮打石城》，交由凤凰出版社出版。我的第一本阅读南京城的随笔——《旧时燕——一座城市的传奇》——出版于13年前，13年太久。第二本与第三本读城随笔，相去不过区区数月而已。觍颜自夸：真是只争朝夕啊。

其实，这应该感谢南京大学出版社和凤凰出版社。南京大学出版社将《山围故国》编入"守望者"系列，使我深感荣幸。凤凰出版社将《潮打石城》列入"凤凰枝文丛"，"凤凰枝"这个名称充满诗意，让人浮想联翩。本来，《潮打石城》也应该沿用《山围故国》的副标题："旧闻新语读南京"，考虑到要与"凤凰枝文丛"书名的整体风格保持一致，就省略了。

潮打石城，一浪又一浪，经年又历代。《潮打石城》大致按照年代先后，分为五辑：第一辑六朝唐宋，共13篇；第二辑明代，共12篇；第三辑清代，共13篇；第四辑现代，共11篇；

第五辑当代，共 7 篇。五辑合计 56 篇，与《山围故国》相当，佳偶天成。

程章灿

2019 年 10 月 18 日

于金陵城东之仙霞庐

　　我喜欢背诵杜甫的千古名篇《秋兴八首》，其中的秀句如"碧梧栖老凤凰枝"之类，常令我吟味不已。五六年前，凤凰出版社筹划"凤凰枝文丛"，即取意于此句，其大旨则是为学林添设新枝也。拙著《潮打石城》被列为文丛的一种，甚感荣幸。据云出版以后，颇受读者欢迎，已经多次重印。现在，凤凰出版社决定将其从"凤凰枝文丛"抽出，重新设计包装，出一新版，在我自是求之不得的事。倒不是奢望"一枝独秀"，而是高兴可趁此机会，校正几处错讹，新添几张插图，内容虽无新增，形式上可算焕然一新了。2025 年 3 月 27 日，程章灿记。

目录

第一辑

我见孙权多妩媚

　　提到魏蜀吴三国的开国之君，大多数人脑海中浮现上来的，大概是曹操（155—220）、刘备（161—223）和孙权（182—252）这三个名字。毫无疑问，曹、刘、孙都是不可一世的英雄。孙权在父兄开创的基础上，在群雄逐鹿的艰难时局中，开拓了割据江东的不朽伟业，足以与曹、刘比肩而无愧。实际上，如果看三个人的岁数，孙权比曹操、刘备小二十多岁，在曹、刘面前，孙权是晚一辈的人物。南宋辛弃疾的词作中，有这样两句传诵遐迩："曹刘，生子当如孙仲谋。""生子当如孙仲谋"一句是用典。据史书记载，曹操当年领军与孙权对阵，被孙权的风度和气势震撼到了，才说了这样一句话。曹操这么说，当然也有点摆老资格，顺带占孙权一点便宜的意思，但更重要的是，这话坦率地表达了他内心深处对孙权的赏识。人才难得啊！

　　话说回来，孙权确实是曹操的子侄一辈。曹操所生诸子中，曹丕（187—226）、曹植（192—232）的才华最为突出，他们正好就是孙权的平辈。公元222年，魏文帝曹丕册封孙权为吴王，其时，他已走到了自己政治生涯的顶点。四年过后，曹丕就撒手归天，先行退出历史舞台。七年之后，公元229年，孙权正式称帝，才从容不迫地展开他此后二十四年的辉煌人生，直到71岁的高龄，他才离世。与孙权相比，曹丕是有才无年，蜀国后主刘禅（207—271）是有年无才，只有孙权是才年双全，最为难得。有诗为证："紫髯碧眼号英雄，能使臣僚肯尽忠。二十四年兴大业，龙盘虎踞在江东。"

这首诗出自《三国演义》，传诵颇广。诗中提到孙权的长相，"紫髯碧眼""碧眼儿"遂成了孙权的外号。"碧眼"二字，通常是用来描写胡人形象的，"碧眼"外加"紫髯"，威灵赫赫，颇有帝王霸主之相。可惜，这是稗官小说家言，恐怕不足采信。其实，在孙权同时代人眼中，他的形象是"姽（妩）媚"的，这要比"紫髯碧眼"更接地气，也更亲民。汉魏六朝人用"姽（妩）媚"这个词，大多是形容女子的。东汉蔡邕《青衣赋》中描写一位青年女子，就是"都冶姽媚，卓跞多姿"。直到现代汉语中，"妩媚"一词也还是形容女性的。只有形容孙权的时候，史书中用了"妩媚"一词，而且还是出自正史，这就引人注目了。

三国时，魏国郎中鱼豢编撰了史书《魏略》，可惜早已亡佚。南朝学者裴松之为《三国志·魏书·钟繇传》作注时，引录了

第一辑

《魏略》中钟繇与魏太子之间的一段往来书信。钟繇在信中写道："臣同郡故司空荀爽言：'人当道情，爱我者一何可爱！憎我者一何可憎！'顾念孙权，了更妩媚。"荀爽的意思是说，人与人之间，最重要的是感情。感情好，就越看越可爱；感情不好，怎么看怎么不顺眼。钟繇觉得，孙权就是个让他越看越妩媚的人。可见，钟繇对东吴以及孙权都是颇有感情的。能让钟繇产生这样的看法，孙权真不是一般人物。

许多年以后，辛弃疾从万千书卷中，重新发现了这个形容词，并把它用在自己的词作中："我见青山多妩媚，料青山见我应如是。"在辛弃疾的眼中，青山不是没有生命的存在，而是有情有义的人。如果要进一步落实，这不是一般的人，而是英雄心目中一贯惺惺相惜的英雄。辛弃疾另一首词中提到的"生子当如孙仲谋"的孙权，就是这样的一座青山。那么，稍微发挥一下，也就可以说，辛弃疾见到青山，就好比见到孙权，说不清谁比谁更妩媚。"顾念孙权，了更妩媚"，钟繇这句话，辛弃疾肯定是同意的。

魏晋时人，一言一行，都讲究简约。今天读那时候人的书信文字，经常不甚了然，有一部分是因为那时人书写潦草，不好辨认，还有一部分是因为那时人行文简便，经常省略上下文，不好理解。钟繇与魏太子的通信，背后的人事关系和时事背景，早已石沉大海，难以寻觅。比如，钟繇为什么喜欢南方，为什么喜欢孙权，就不得而详。我们能够确认的是，即使在魏太子眼中，孙权也是一位能够优游于吴魏二国、得到当时月旦界高度评价的英雄。孙权死后，葬于南京东郊梅花山，那是六朝古都一座相当有名的妩媚青山。

孙权（182—252）雕像

诸葛亮为什么不"借南风"？

　　陈寅恪先生既是史家，又是诗人。他在学术研究中以诗证史，也以史证诗，充分显示了他对诗歌的浓厚兴趣。他写《柳如是别传》的时候，经常在主线之外，岔开一笔，剖析诗文写作的技法，益人神思，对阅读、理解这些古典诗文大有帮助。比如下面这一段，见于三联版第155页：

　　　　昔人赋咏中涉及方位地望者，以文字声律字句之关系，往往省略一字，如《三国志》伍肆《吴书》玖《周瑜传》裴注引《江表传》述黄盖诈降曹操事云："时东南风急。"《全唐诗》第捌函杜牧肆《赤壁》七绝云："东风不与周郎便，铜雀春深锁二乔。"盖牧之赋七言诗，以字数之限制，不得不省"东南风"为"东风"。实则当时曹军在江北，孙军在江南，"东"字可省，而"南"字不可略。今俚俗"借东风"

之语，已成口头禅，殊不知若止借东风，则何能烧走曹军。倘更是东北风者，则公瑾公覆转如东坡《念奴娇》"赤壁怀古"词所谓"灰飞烟灭"，而阿瞒大可锁闭二乔于铜雀台矣。

史书上说的是"东南风"，到了诗歌中，就变成了"东风"，一字之差，足以看出诗与史的不同，也可以看出诗与史的联系。众所周知，七绝诗全篇只有二十八字，一句只有七个字。如果把"东南风"三个字全部放到一句诗里，有两个问题：一是这三个字全是平声，不太好摆；二是此词占据诗句空间太大，影响其他意思表达，所以，有必要先送到语言"美容院"里做个"瘦身"。"瘦身"方案只有两种：要么省去"东"字，要么省去"南"字。按照陈寅恪先生的说法，"当时曹军在江北，孙军在江南，'东'字可省，而'南'字不可略"，那岂不是说，非但流俗之"借东风"不够严谨，就连杜牧这句诗也有语病了吗？

三字词"东南风"，必须要省略为两字词"东风"，这固然是受诗律的限制，事出无奈，也有其他方面的原因。换句话说，杜牧诗不写"南风不与周郎便"，偏要写"东风不与周郎便"，并不是因为平仄或诗律的原因，而是因为"东风"与"南风"相比，语感不同，修辞效果也不一样。

"南风"这个词，就其历史语境以及在唐诗中出现的语境来看，其所关涉的历史文本大抵不出如下几种：

　　　　　第一辑

其一，"南风不竞"，这是一个典故，源出《左传》，说的是南方的楚国不敌北方的晋国。杜牧诗写的是赤壁之战，如果用上"南风"，仿佛给南方的孙、刘盟军当头泼一盆冷水，这不合适。

其二，《南风之歌》中，唱的是"南风之薰兮，可以解吾民之愠"的调调，它关注的是内政和民生问题，于三国之间的赤壁大战也没有针对性。

其三，"南风吹归心"，李白在诗中写过的，不过，他要表达的是怀乡之思。另一个诗人说，"君为东南风，妾作西北枝"，那是思妇对游子缠绵幽怨的情绪，语感和气氛都不对头。

其四，"南风一扫胡尘静"，那也是李白的诗句，格局不小，兵氛笼罩，只可惜赤壁之战的双方，并不是胡汉对阵，也不合用。

这么看来，还是东风比较合适。从理论上说，东风固然也有可能是东北风，但在赤壁之战中，却只能指"东南风"。不要忘了："东"在这里还可以特指江东。其实，那时候的吴国，更强调的是自己的"东"（东吴、江东）的身份认同，而不太突出"南"的地理位置——如果我们再想深一些，说"江南"固然可以与北方的曹魏划清界限，说"江东"则更可以突显长江下游的地势特点，还可以与蜀国有所切割。再换一个角度来想一想，"东风"与下一句中的"春深"也有呼应关系，李贺诗不是说了"东方风来满眼春"嘛。如果东风不在江东一方，而到了曹军一方，那正好可以吹得魏宫一片春草碧绿，展开一幅"铜雀春深"的画图！

"万事俱备，只欠东风。"看来，"东风"还是比"南风"好，听起来顺耳，看起来悦目。后代的小说戏曲，乃至于俚俗言谈，其实根本没有必要省略"东南风"中的"南"字，结果也都省略了——无他，实在是杜牧这首诗传诵太广，影响太大了。

众瑞齐出的《禅国山碑》

　　祥瑞这种把戏，几乎每一位末代皇帝都喜欢玩，可以自欺，也可以欺人。每当国势衰弱的时候，君王的心理往往更加脆弱，不搞几出祥瑞的把戏，不能刺激疲软的神经，也找不到宣传盛世和粉饰太平的由头。孙皓也不例外。

　　孙皓是东吴的末代皇帝，在位十六年，年号换了八个：元兴、甘露、宝鼎、建衡、凤凰、天册、天玺、天纪，平均每两年换一个。这些年号的名目，几乎都跟祥瑞有关，每出一次祥瑞，就换一个年号。上有所好，下必甚焉。于是，底下人就投其所好，时不时地制造一些祥瑞，甘露降，宝鼎出，凤凰现，隔一两年，最多两三年，就有祥瑞出现，孙皓喜滋滋地接受群臣的祝贺，然后改元，乏善可陈的吴国历史，也仿佛心安理得地揭开了新的一页。天册二年（276），又号称出现多种祥瑞，于是在宜兴国山封禅，并宣布改元天玺，刊石立碑，忙碌了一阵，热闹过了，荒政如故。

封禅的事由来已久，秦皇汉武都搞过，惯例是封泰山而禅梁甫，只可惜在三国的时候，位于山东的泰山和梁甫山，都不在吴国国境之内。没有办法，孙皓只能以阳羡（今江苏宜兴）的国山来作替代品。在欧阳修《集古录跋尾》卷四中，《禅国山碑》又称为《吴国山碑》。这篇碑文中"所述瑞应，凡千有二百余事"，实在是"众瑞毕至，四表纳贡"，"九垓八埏，罔不被泽"，值得普天同庆，因此必须"率按典繇，宜先行禅礼，纪勒天命，遂于吴兴国山之阴，告祭刊石，以对扬乾命，广报坤德"。庆典搞得很隆重，很是引人注目，可笑的是，东吴终究没有逃脱"一片降幡出石头"的命运。距离这场盛大的封禅表演不过五年，孙皓就成为晋军的阶下囚，当上了可耻的"归命侯"，这场封禅也被证明是一场虚张声势、自欺欺人的闹剧。

史书记载，天玺元年（276），接连出现了好多祥瑞。先有来自吴郡的报告，说自汉末以来就被杂草壅塞的临平湖，现在居然开通了。故老相传，"此湖塞，天下乱；此湖开，天下平"。这显然是天下太平的征兆。更值得重视的是，当地人在临平湖边发现一个石函，石函中藏有一方青白色的小石印，长四寸，广二寸余，上面刻有"上作皇帝"字样。这是一方天赐的玺印，明明白白地宣示了天意：孙皓将要成为统一帝国的皇帝。这年秋八月，又有来自鄱阳的报告，说当地历阳山有岩石，文理成字，凡二十字，内容为："楚九州渚，吴九州都。扬州士，作天子。四世治，太平始。"所谓"扬州士，作天子"，也是预言孙皓将要一统天下，成为统一帝国的天子。很显然，这些祥瑞都是摸透了孙皓的心理，迎合上意，为孙皓量身定做的。岩石上出现的这二十个字，不但顺理成章，合辙押韵，而且指向明确，针对性强，怎么可能无端出现在石壁之上呢？用脚趾思考也会明白，这是别有用心的人造作出来的。

欧阳修《集古录跋尾》评《禅国山碑》，有一句极为精彩、几乎放之二十四史而皆准的话："其国将亡，而众瑞并出，不可胜数。"国史上，人们更为熟悉的或许是另一句话："国之将亡，必有妖孽。"表面上看，这话好像存心跟欧阳修抬杠似的，其实，两句话是一个意思，殊途同归。欧阳修嘴上说的是"众瑞"，心里骂的是"妖孽"，这是史家的春秋笔法。翻一翻国史上的五行志，数一数其中的祥瑞，盛世固有，衰世亦有，开国之时固有，亡国之世更有，而且还层出不穷，"不可胜数"。人心之微，就微在这里。历史之妙，亦妙在这里。

欧公玩赏金石，写点跋尾，大多是在下班之后，心情是相当放松的。读他的评论，能够体会到这种轻松，有如听老先生闲谈，谈书法，谈文章，谈掌故，谈考据，都娓娓动听，除了涉及佛道时声气严厉，有时候甚至显得过于义正辞严之外，大抵都是温和有加，近于人情的。《禅国山碑》之类，在欧公眼里，大概是近于佛道的，荒唐无稽，离经叛道，故评说之时，不稍假以辞色。

玄武湖畔郭公墩

面向玄武湖的潋滟波光，有一个小山包，山顶上有个小土墩，就是所谓"郭公墩"。这郭公不是别人，就是东晋名人郭璞。郭公墩本来不是玄武湖畔引人注意的所在，尽管靠近公园的玄武门入口，以前走到这里，都不见有多少人。倒退回去，在玄武湖公园还要卖票的时代，这里更是冷清，少有人知道这个遗迹。最近一次来，却发现情况不同了。

那个小土墩的模样，有点像集庆门里、南京四十三中校园内的那处阮籍冢衣冠冢，土堆围成一圈，有一块小石碑，不知什么人题了"郭璞仙墩"四个字。李白《登金陵凤凰台》诗云："吴宫花草埋幽径，晋代衣冠成古丘。"阮籍冢和郭公墩的存在，好像是为了印证李白诗中的"晋代古丘"。可惜，没有什么证据可以帮助我们确定，李白当时眼中所见，或者心中所指，是否包括这两个地方。

郭公墩前的那块小石牌上，有一段简短的文字介绍，说这遗址是从明朝开始就有了。相传如此而已。西边较低的山坡上，竖立着一尊郭璞的雕像，东边的山脚下，有一座郭璞纪念馆，都是新近建的。三足鼎立，也算粗具规模了。

纪念馆里颇为热闹，也许是因为国庆长假的关系，游客川流不息。总共两间，从西边进门，东边出。墙上有对郭璞的介绍，洋洋洒洒，写了不少。比较引人注目的是郭璞的多重身份：他既是文学家、训诂家，又是术数家和风水大师。对于世俗大众来说，后两重身份最能吸引眼球。墙上的介绍文字，不知道从哪里抄来的，连篇累牍，既不是摘要，也没有归纳，时不时还有衍脱、重复，显然没有经过细心校对，略微生僻一些的字，就那么空在那里，不管不顾。好不容易建了一个纪念馆，砸了不少钱进去，却这么敷衍了事，水平不高还可以原谅，态度马虎真让人看不下去。

毫无疑问，郭璞是东晋初年最重要的文学家，也是当时杰出的学者。他作过《江赋》，写过游仙诗，注过《山海经》，各种文学史上都要提到他的名字。他还会卜筮、看风水，相传《葬经》也出自他之手，被奉为术数以及风水行当的泰山北斗。他知识渊博，天纵多能，神机妙算，简直就是诸葛亮在东晋的复活版。他甚至能够精确计算出自己死于什么时间，在什么地方被杀，连行刑的刽子手是谁，全都知道。由于能掐会算，从皇帝到权贵，从家事到国事，敌对的两股政治势力都要找他，既为了准确估算形势，也是出于心理和舆论的需要。这给郭璞带来了声名，也导致了他的毁灭。率军作乱的大将军王敦慕名而来，向他咨询，他居然预言王敦必败，结果招来杀身之祸。也许郭璞确实有神机妙算，确实是预测大师，却终究不能自保，这是天命不可违呢，还是缺乏政治觉悟，终究只能为术数所用而不能运用术数?《晋书》中有他的传记，篇幅不算短，可见对他是很重视的，可惜抄录的大多是笔记小说，与野史传闻几乎没有区别。史家对这些也津津乐道，看来他对郭璞也并没有真正理解。

不过，纪念馆也费了一些心思，把郭璞的游仙诗找了出来，打在另一面墙上，这算是附庸风雅吧。来往游客如过江之鲫，不知有几人驻足端详，有几人读懂，有几人读到心里去了。很多人都说，郭璞的墓地在镇江金山，玄武湖畔的这个郭公墩，或许也只是衣冠冢吧。不过，玄武湖畔的风景毕竟是很好的。郭璞冤死一千多年，如今居然享有这样一块福地，应该说是幸运的。这块福地难得有熙熙攘攘的热闹气氛，可惜都是匆匆过客，并非真正关心他的才华和事业。他所有的，依然只是寂寞。

有一术士模样的人，拦在门口，要给人算命，同时兜售辟邪挂件。另外一间屋里，有人在卖签，两元抽一签，价格倒是不贵，上面大多是些吉祥话，印在一条红布条上。不满意的，还可以再抽，当然要再付钱。客人付过钱，就可以拿到外面，或系或披挂在树枝上。于是，就有了满园红幡飘舞的情景，让我觉得，纪念馆已经变成一座庙宇，郭璞就是这庙里供的神。

前途充满了未知，人们对于未知世界不免焦虑，甚至恐惧，需要有人来预测、开解、慰释。古人如此，今人也如此。于是，郭璞纪念馆应运而生。郭璞现成是个"有故事的人"，他身上的传奇与志怪故事，在这个商品经济时代，足以锻造成一个有经济价值的文化符号，一座新的神像就这样被竖立起来。

郭公墩上的郭璞像

王导不折腾

南京是一座移民城市。这座城市的发展史，得益于好几次移民潮。移民对于南京城市文化风貌的形成，有极大的贡献。西晋末年，建都于洛阳的西晋政权，抵挡不住北方游牧民族的凶猛攻击，只好渡江南迁，北方移民大批南下，移居南京，这是南京移民史上规模最大、影响最为持久的一次。

在这次移民潮中，王导不仅率领琅玡王氏宗族南渡，较早在江南开辟新的生活空间，而且辅佐琅玡王司马睿，在南京建立了东晋政权，为中国文化找到存续发展的地理空间。在那个时代，东晋政权的首都建康，扩大一点说，江南的司马氏政权，就是中华文化的复兴基地。这当中，王导安抚人心、稳定政权，厥功至伟。

在东晋南迁之前，南京虽然做过东吴政权的首都，但当初西晋灭吴，大军所过之处，孙吴的宫殿城池早就夷为废墟。谁能预料到几十年后，这个地方会成为司马氏政权的立足之地。渡江南下的北方贵族官僚，刚到南京的时候，感觉极其尴尬。晋元帝贵为一国之君，心中也生虚发怵。残破的南京城，各方面的硬件，没有一样能与洛阳同日而语，"惟有青山似洛中"，就是他们共同的慨叹。这句话可以反过来理解：南京什么都没有，没有平直的街道，没有牢固的城墙，没有巍峨的宫阙，只有山环水绕的地理大环境，勉强有一点像洛阳。

更要命的是，这里曾经是敌国的都城，曾几何时，在晋（魏）吴南北对峙的时候，双方都不遗余力地攻击对方，文宣战中的重点，就是抹黑对方。没等多久，星移斗转，司马氏君臣居然流落到了这片土地上。这片土地曾经是敌国的土地，四周的人民曾经是敌国的人民。曾经志得意满的胜利者，如今成了这片土地上的少数人口；而曾经战败的受屈辱者则占了人口的多数。少数陷在多数的包围中，人生地不熟，难免惶恐。理解这样的时空处境，才能理解晋元帝司马睿面对苏州人顾荣说的那句话："寄人国土，心常怀惭。"这哪里像皇帝说的话！普天之下，莫非王土，这也完全不是正常君臣之间的对话。须知，晋元帝话语中那个"人"，不是一般的唯唯诺诺的臣下，也不是一心拥戴、忠君的人民，而是曾经的你死我活的敌人。当此紧要关头，是王导带头与以顾荣为首的吴地士族修好，缓和了原本紧张的关系，也安抚了喘息未定、惴惴不安的司马氏君臣。

晋元帝心中的不安，来自他由北往南奔逃的经历，也缘于他到南京以后眼中所见。这座城市，哪里有个都城的样子？城墙没有，宫阙也没有，基本的硬件都缺，怎么能够呈现皇帝的威仪？面对晋元帝，王导简直就是一个政治辅导员，做起工作来耐心细致，说起话来娓娓动听。皇帝说南京没有双阙，不能突出都城的威严，有人出了一个馊主意，建议将宜兴一座汉代大臣墓地上的碑阙搬到南京来，充当宫阙，被王导拒绝了。王导带着皇帝登高南望，指着南郊牛首山的双峰，大声说："皇上，您看，这两座山峰东西相对，不就是天然的宫阙吗？哪一座人工建造的阙能比它更高大、更雄伟、更巍峨呢？重新修阙，是完全没有必要的。迁移碑阙，就更多余了。"晋元帝被说服了。从此以后，牛首山就有了"天阙山"的雅号。从此以后，一百余年里，东晋再没有一位皇帝重提修阙的话题。这一话题被王导彻底消解了。

王导是政治的高人，也是建康城重建的总规划师。当时的南京，不仅都城残破，而且要钱没钱，要物没物，要重修宫殿，规划都城，只能因地制宜，因陋就简。王导负责重建建康城，就想方设法，因地制宜，节省了大量开支。过了几十年，东晋的人力物力有所恢复，桓温新建姑孰（今安徽当涂）时，已有能力把街道修得平直宽敞，气势非凡。有人将这座姑孰城与当年的建康城相比，批评王导的建康城"制置纡曲"，相形见绌，言下之意，就是太不气派了。王导的后人不服气，反驳说：王导的设计思路，要的就是"制置纡曲"。因为江南地势局促，不像中原那样开阔，阡陌条畅，只有设计得纡徐委曲，才能一眼望不到头，显得深远，若不可测。这理由上得了台面，颇能理解王导当年的良苦用心。说实话，在这件事上，把桓温与王导对比，扬桓抑王，对王导是极不公平的。此一时也，彼一时也，当年的财政窘迫，才是真正的理由，只不过摆不上台面罢了。把桓温放到王导那个时代，巧妇难为无米之炊，也好不到哪里去。

过江以后，王导做了很多事，《世说新语》中颇有记载，不仅当时传闻甚广，而且后世也是津津乐道的。看来，对于王导，历史还是比较公平的。《世说新语·政事》中还有一段故事，说："丞相末年略不复省事，正封箓诺之。自叹曰：'人言我愦愦，后人当思此愦愦。'"这段话的大概意思是说，晚年的王导完全不理会那些繁杂琐细的事务，面对堆满案头的文书，只管画圈。对这件事，刘孝标注引徐广《历纪》作过评论，称王导"阿衡三世，经纶夷险，政务宽恕，事从简易，故垂遗爱之誉"。意思是说王导很有政治经验，其核心精神就是不折腾，不烦人。徐广是晋宋之间的学者，他的评论代表了当时的主流意见。

这段轶事传闻很广，成为关于王导的一段最具标志性的故事。别人说王导"愦愦"，王导自己也听说了，所谓"自叹"，其实是"自嘲"。能够自我解嘲的人，总是有些雅量的，至少比一贯宣称正确、总是自以为明君贤相的那些人，更有雅量，也更可爱。王导轻描淡写地引述"人言",没有压制、封锁"人言",也没有不许传播,更没有批判"人言",上纲上线,欲加之罪,何患无辞,更证明他有雅量。能够容忍不同的说法,这也是徐广所谓"政务宽恕"的表现。"治大国如烹小鲜",王导的政治已经达到了道家无为而治的境界。

王导出身琅琊王氏,琅琊之地是流行过黄老之学的,河上公、安期生、于吉、葛玄等人,都曾经在这里悟道授徒,影响很广。王导生长于这样的文化氛围之中,潜移默化,在所难免。当时社会上流行玄学清谈,口头上能把所谓"三玄"也就是《老子》《庄子》《周易》讲得头头是道、天花乱坠的,不乏其人,而真正能够把老庄无为精神落实到现实中,落实到政治实践中,谈何容易。东晋王朝这样一艘漏风漏水的破船,穿过长江的汹涌波涛,居然没有中流倾覆,端赖王导。从政治史角度来看,他的"愦愦"应该可以算"正能量"吧。

三十多年前,读陈寅恪先生的《述东晋王导之功业》,现在想来,只是略知皮毛,并未理解其中的精义要旨。这三十多年来,我虽然不像陈寅恪先生那样颠沛流离,遭逢丧乱,毕竟多走了一些路,多过了一些桥,阅人阅世,渐渐地对这篇文章多了一些体会,也越来越认同这篇文章的结论:王导真是一位了不起的政治家。

神童的模式

　　《世说新语》是六朝时代的一部名著。全书三十六篇，其中有一篇叫作《夙惠》。所谓"夙惠"，也可以写作"夙慧"，就是早慧。这一篇专门记载早慧儿童的故事，也就是今天所谓的神童故事。其中有一段是关于晋明帝的。

　　晋明帝是晋元帝之子，也是东晋王朝的第二任皇帝。他只有几岁大的时候，有一天坐在父亲晋元帝膝上。正好有人从长安那边来，道经洛阳，晋元帝就向来者了解洛阳的消息，听完来人的报告，不禁潸然流涕。明帝问父亲为何涕泣，元帝就把都城洛阳陷落、皇室被迫南渡迁都南京的事大致说了一遍，估计小孩子也听不太懂。说完了，晋元帝就随口问儿子："你说说看，长安与太阳，哪个地方近，哪个地方远？"明帝回答："太阳远。从来没听说过有人从太阳那边来的，很显然是太阳远。"这么小的孩子，居然能答得上这么难的问题，而且还有自己的理由，这很让晋元帝惊讶。第二天，他召集群臣宴会的时候，就想让明帝再来表演一下，于是在朝堂之上，他向儿子重新提出昨天的问题。没想到小孩子的答案完全不同了。这一次他的回答是："太阳近。"晋元帝很尴尬，就问："你的说法怎么跟昨天不同呢？"晋明帝回答说："我们一抬头，就能看到太阳，却看不到长安，可见是太阳近。"

晋元帝是东晋第一位皇帝，那么，这个故事应该是发生在南京的。以南京为基点，长安和太阳哪个更远的问题，其实不难回答。毫无疑问，长安离南京近，太阳离南京远，这是有科学测量数据可以证明的。不过，作为东晋时代的儿童，晋明帝不可能有科学测量的概念，也不可能有这方面的数据，他只能根据直观体验来回答。他从来没有听说有人从太阳那边来，而眼前就有一位从长安来客，所以，太阳更远，就是再显然不过的结论。小小年纪，就有如此独特的思考，作出如此机敏甚至有些狡狯的回答，可见天资不凡。有这样的皇位继承人，司马氏政权可以无忧矣。

意外发现一个神童，作为父亲的晋元帝在欣慰之余，也不免得意。他想在更大范围炫耀一下，揆其用心，无非是要塑造接班人的睿智形象，也有助于强化司马氏政权长治久安的自信。可是，临到第二次作答之时，也许小神童的记性不是很好，也许他根本没有意识到上次作答有什么特别高明之处，他现场改变回答，差一点让晋元帝下不了台。好在神童临场发挥得好，说出另外一番道理来。这个神童，不仅聪明，而且反应机敏。

严格说来，晋元帝提的问题本身并不严密。他说的远近，既可以指科学数据上的距离，也可以指直觉或感觉中的距离。而小神童的第一个答案，基于听闻，靠的是耳朵，第二个答案基于视觉，用的是眼睛，各有千秋，不便轩轾，总之都是基于感觉，有感性，而没有理性，有文学，而没有科学。

这也许是一段真实的史事，也许经过叙述者的改写修饰。从叙事的角度来看，这里面隐含着一种叙事技巧，比较容易被忽略。实际上，这一招屡试不爽，几乎已经成为神童故事的一个叙述模式。按照这个模式，神童的本事，主要不是体现在他能回答难题，应对挑战，而是体现在他对同一问题能够提出两套截然不同、往往彼此矛盾的答案，并且持之有故，言之成理，自圆其说。这个过程展示了他的巧舌如簧，表现了他的创意思维，也体现了他的随机应变。《太平广记》卷二百五十四也有一段神童故事，题目为"贾嘉隐"，故事就是按这种模式展开的。

初唐时代，有个神童叫贾嘉隐，很有名气，远近皆知。他七岁那一年，被长孙无忌和徐世勣两位宰相召到朝堂之上，进行一场当面测试。徐世勣问他："你说说看，我背后这棵树，是什么树呀？"小嘉隐回答："是松树。"徐世勣很不以为然："这明明是一棵槐树，你怎么说是松树？"小嘉隐说："您位列三公，站在树木旁边，'公'再加上'木'，不就是'松'吗？"长孙无忌接着提问："我背后的这棵是什么树呢？"小嘉隐这次很干脆地回答："槐树。"长孙无忌追问道："你确定？不要改了？"小嘉隐说："我确定。看您长得这副鬼样子，站在树木旁边，'鬼'加上'木'，就是'槐'树，确定无疑！"

此番问答不是随随便便的戏语，实为一场口试。徐世勣提的是一个植物学的问题，对成人来说易如反掌，对儿童来讲，却可能有点难度。贾嘉隐的回答貌似答非所问，也许，植物学知识是他的弱项，但是，他仍能从容应对，强不知以为知。他的聪明表现在独辟蹊径，从自己擅长的文化史角度来回答，非但眼光高人一筹，而且不失幽默。唐代文化中有一种观念，认为倚槐树而立者可以位至三公，徐世勣身为三公，倚此木而立，这就是神童所说的"以公配木"，自然就是"松"树。在文化史之外，他还玩了一个文字学中的拆字招数。

接下来是长孙无忌的再次提问，如果神童只是现学现卖，拾人牙慧，把刚学到手的植物学知识转批出去，充其量表明他善于学习而已，显示不出神童的机灵和应变能力。神童反应之快，权变之快，显然超出了长孙无忌的预料。长孙无忌有心救场，提示神童："前一刻说是松树，这一刻就说是槐树，出尔反尔，自相矛盾，是不是搞错了？给你一次机会，要不要改口？"当此之时，神童再次祭出文字离合的招数，对长孙无忌反戈一击，坚持说长孙无忌长相奇丑，有如鬼怪，"鬼"与"木（树）"并列，自然就是"槐"。先拆再合，这是文字离合的把戏，也是拆字招数的一种。从前有一副巧对，上联是"魏无忌，长孙无忌，彼无忌，此亦无忌"。面对长孙无忌，贾嘉隐童言无忌，真可谓"彼无忌，此亦无忌"。

这两段神童故事告诉我们，自相矛盾并不可笑，也不可怕。可笑并且可怕的是，正如《韩非子》中那段古老的矛盾寓言的结尾所呈现的，不知如何化解这一僵局。而真正的高手，正如这两位神童，能将矛盾化解于无形；左手与右手自相搏击，敢玩这样的戏码，才能展示绝世武功，虽然这功夫也只限于舌上而已。

残疾皇帝萧绎

梁元帝萧绎是个残疾人。

用俗白的话来说，他是一个"独眼龙"；用文雅的词来说，那就是"眇"一目。据说，他小时候就害眼病，他爹梁武帝萧衍自我感觉太好，自以为无所不知，无所不能，遂自作主张，给儿子确定治疗方案，一来二去，眼病没看好，视力却越来越下行，最终看不见了。梁武帝害儿子瞎了一只眼睛，只怪自己，还不好迁怒别人。这事，朝上朝下，府内府外，众所周知。事实明摆在那里，但是萧绎挺忌讳，所以，当着他的面，上上下下的人都绝口不提，几乎成了禁忌。你想，他生下来就是一个王子，百分之百的天潢贵胄，天资颖悟，又自幼好学，即使在萧统、萧纲这两个博雅好学的哥哥面前，这个小老弟一点也不逊色。但是，"眇"一目，是他形象上的一个瑕疵，美中不足，只能暗地里伤心啊。你要当面说这个，不是哪壶不开提哪壶嘛！

萧绎在这方面特别敏感，周围的人也就只能格外小心，否则，冒犯了湘东王殿下，可不是好玩的。偏偏就有不当心的，是个叫刘谅的人。他是当时著名文学家刘孝绰的儿子，无论是文才，还是学问，都是好样的，对晋代史事尤其烂熟于心，谈起晋史来如数家珍，"江湖"间给他一个绰号，叫"皮里晋书"。凭这等不俗的才学，他得到了萧绎的器重。要命的是，书生才士，往往不太通人情世故，讲话也常常比较随意，不太注意场合，这也是他爹刘孝绰遗传下来的毛病。有一天，这刘谅跟萧绎出游，到了长江岸边，那时节秋风初起，木叶乍脱，才子不禁触景生情，吟诗抒发感受："今天可真是'帝子降兮北渚'啊。"他其实是赋诗言志，所赋诗句"帝子降兮北渚"，是楚辞《湘夫人》开篇第一句。称湘东王萧绎为"帝子"，符合萧绎的身份，合情合理，或许刘谅并无他意，只是借用成句以抒情，但过度敏感的萧绎立刻反弹，而且相当强烈："你小子敢讽刺我呀！"他认为刘谅是在借题发挥，用歇后格的方式来影射自己。原来，在《湘夫人》中，"帝子降兮北渚"的下一句是"目眇眇而愁予"，大凡略读诗书的人，对此二句都耳熟能详。萧绎当然也背得滚瓜烂熟。这刘谅真是欺人太甚，一个"眇"不够，还要叠字重复，是可忍孰不可忍。从此，刘谅在萧绎面前失宠，事事讨嫌。

　　一场侯景之乱，把萧绎搞得家破人亡，他自己远在江陵，苟全性命，后来又继位当了皇上，可是，山河破碎，国仇家恨横在面前，不能视而不见。他虽然是个王子，骨子里还是一个才士，惺惺相惜，喜欢有才的人。所以，当侯景的大军师、大笔杆子王伟被押解到江陵来的时候，他居然暂时忘却了深仇大恨，要饶王伟一死。当然，这也是因为王伟托了关系，走萧绎最宠信的妃子的门路，上了这样一首诗：

> 赵壹能为赋，邹阳解献书。
>
> 何惜西江水，不救辙中鱼。

他把自己比作赵壹和邹阳，说自己就像一条涸辙之鱼，等待有人来解救。这分明是摇尾乞怜的意思。萧绎妃子吹了一阵枕边风，看样子起了点效果。王伟本人又给萧绎献了一首五百字的长诗，也不外露才扬己、同时请求宽恕之意。不知不觉中，萧绎被他的花言巧语打动了。这下，萧绎左右的文武大臣可不愿意了。这个罪魁祸首不杀，太没道理，也太危险了。他们了解萧绎的弱点，知道晓之以理不如动之以情，对感性的人，就要使用感性的方式，采取感性的语言。他们找到了一把刀子，看准萧绎心上最敏感的那个部位捅了一刀。原来，王伟当时为侯景写檄文时，曾经有这样两句：

> 项羽重瞳，尚有乌江之败；
>
> 湘东一目，宁为赤县所归。

旧疤重揭，旧恨重提，萧绎实在忍无可忍。他立即下令：来人啊，把这个十恶不赦的家伙拖出去，千刀万剐，方解我心头之恨！以"项羽重瞳"来衬托"湘东一目"，这咒骂太有才了，也太恶毒了。我曾看到一本诗话上引这两句，下一句写作"湘东二目"，那是不了解萧绎的这个隐私，更不理解萧绎的伤心之处。呜呼，萧绎果真有"二目"，王伟就不会因此而死了。

话得说回来，疏远了刘谅，活剥了王伟，实际上，都不能治好萧绎的残疾。我说的不只是他身体上的残疾，也是指他精神上的残疾。严格说来，作为一国之君，他是不合适的，因为他的精神不健全。江陵陷落，跟他的这种精神残疾有关；陷落后的焚书，也跟他的这种精神残疾有关。他的本性是个文士，却要从事政治，两重身份，人格分裂。要知道，他曾经是一个多么爱书的人，居然做出焚书这样疯狂的举动。是政治的环境污染，使曾经澄静的他几乎丧心病狂。

可怜的王子，可恶的残疾，可恨的污染啊。

山水名胜栖霞山

六朝古都南京有座山，山里有座寺。

春去秋来，山中变换着花月风景；朝暮阴晴，寺里往来有名士高僧。时间久了，就传出很多故事，吟成很多诗篇。故事越传越远，诗篇越吟越多。伴随着这些风景、这些人物，这些故事、这些诗篇，山就成了名山，寺也就成了名寺。

这山就是栖霞山，这寺就是栖霞寺。位于南京城的东北，处在仙林大学城正北方，北濒大江，西瞰古城，千载沧桑，声名益显。

栖霞山是一座自然名山。

栖霞山最早名叫伞山，这是因为它的外形，看上去像一把伞。由于山中盛产各种药草，可以用于养生，有益于延年益寿，于是，这座山又得名摄山。"摄"字的意思就是摄生，也就是养生。栖霞山本来就有山水之美，加上有益养生，就更加吸引隐逸高士。公元 480 年，也就是南齐建元二年，山东名士明僧绍来到南京，选择在摄山隐居，就是看中了摄山的自然资源，既有赏心悦目的泉石，又有养生延年的药草。他在这里建了一座栖霞精

[明] 张宏《栖霞山图》

舍，悠然地度过了自己的晚年。临终之前，明僧绍舍宅为寺，寺以宅名，于是山里有了栖霞寺。后来，寺的规模越来越大，于是山以寺名，才有了栖霞山这个名称。从伞山到摄山，再从摄山到栖霞山，这三个名字，表明人们对这座山的认识越来越深刻，山的名气日积月累，也越来越大了。

古代名贤高士喜欢栖霞山，早在三国时代，就有人选择在此栖居，六朝以后，历代诗家名士到此优游盘桓，如过江之鲫，不胜枚举。对栖霞山美不胜收的自然胜景，他们情有独钟，赞不绝口。最妙的是明朝时南京本地的一个名人——万历十七年（1589）的状元焦竑。他为栖霞山写过一篇碑文，现在还竖立在千佛岩三圣殿左前方。焦竑在这篇碑文中说，

南京牛首山以山胜，燕子矶弘济寺以水胜，而兼有山水之胜则是栖霞山。压低牛首山和弘济寺，而唯独抬高了栖霞山。栖霞山的山水兼胜，有自己的特点和亮点，具体说来，那就是岩石、碧树和清泉，这是三个亮点，前两个亮点代表山，后一个代表水，山水相映生辉，让人流连忘返。

岩石是栖霞山最重要的自然资源，经过历代开发，更转化为一笔宝贵的文化资源。天开岩在栖霞山中峰右边，形状犹如被天神一刀劈开，留下的刀缝就是一线天，可容一人穿行，上面刻有"醒石"二字。叠浪岩位于虎山的南坡，是石灰岩溶蚀而成，溶沟与石芽交错而成，石浪起伏，蔚为奇观，历来被认为栖霞山美景之一。最有名的是千佛岩，这是江南唯一一处大规模的南朝石刻，也是传世千年的珍贵的六朝文物。千佛岩的开凿从南齐开始，经历了齐、梁、陈诸代，影响很大。齐梁的王公贵族、达官贵人，争先恐后在此开凿佛龛，积聚功德。千佛岩中最大的石刻是三圣殿，中间刻的是无量寿佛，左右两边是观音与大势至。无量寿佛高达十几米，虽然不及洛阳龙门石窟里的那尊卢舍那佛雄伟，但在六朝石刻尤其是南朝石刻中也算相当稀罕、非常壮观的。无量寿佛的设计和雕造，出自南朝著名的佛教学者僧祐之手，显示了其高超的技艺。前些年，在千佛岩石刻洞窟中发现了飞天的画像，更加凸显了千佛岩在佛教艺术史上的地位和价值。隋唐以后，历代文人来到千佛岩、天开岩观摩拜谒，题字留刻，或诗或文，为天开岩和千佛岩增添了文化分量，其中有一些至今仍然能够看到。拿千佛岩来说，南唐著名学者徐铉、徐锴兄弟的题名旁边，就是现代国学大师黄侃先生的题刻，今天都还能看得到。

栖霞山树林茂密，有些树长得很高大，一看就知道树龄很长。历史文献上提到栖霞山有所谓的六朝松、六朝银杏。据说六朝松是梁武帝亲手种植的，直到清初康熙年间，还有人提到这棵六朝松。现在栖霞寺大殿前面还有很多银杏树，清代人来到栖霞寺，看到的银杏树有大到六七抱，高达十几丈的，时代久远，传说也有植于六朝时代的，倒不一定可信。但有一点可以确定：栖霞山不乏古树名木。

今天人们比较熟悉的是枫树，秋深霜降，人们喜欢到栖霞山赏枫。南京有一句俗语，"春游牛首，秋游栖霞"，这个习俗至少已经有四百年的历史。同样去世于天启四年（1624）的两位诗人，原籍福建长乐的谢肇淛和原籍湖北竟陵的钟惺，都在他们游览栖霞山的诗中写到了红叶。顺治十五年（1658）冬天，诗人杜濬来游栖霞山，虽然他知道自己来得晚了一些，因为"游此山者例以秋"，但是，他仍然看到了"红叶无风犹着树，青松媚日自生烟"的可爱景色。明清之际很多诗人笔下，都写到了栖霞山赏枫的经历，为栖霞山这一新的自然胜景，注入了风雅人文的内涵。现代以来，山上枫树种植规模越来越大，以利游人观赏，来栖霞山的人，甚至只知枫树而不知其他了。

栖霞山水好，泉水尤其有名，泉名也起得古雅可亲。在明代，珍珠泉、白乳泉和品外泉并列为栖霞山三大名泉。珍珠泉的水，涌吐有如珍珠；白乳泉之水，其白似乳；品外泉的名字，则与茶圣陆羽有关。据说中国各地有名的泉水，都经过茶圣陆羽的品定，此泉后出，未经陆羽品定过，所以得名品外泉。好的泉水，要适合饮用，也要适宜泡茶。陆羽曾经来到栖霞山采茶，《全唐诗》里收录中唐诗人皇甫冉留下的一首诗，可以为证。这首诗题为《送陆鸿渐栖霞寺采茶诗》，陆鸿渐就是陆羽，这是皇甫冉为陆羽去栖霞寺采茶而作的送别诗。栖霞山茶文化源远流长，至少可以追溯到中唐时代。那个时代，栖霞山茶叶应该已经相当有名，才会吸引原籍湖北的茶圣陆羽，不远千里前来采摘。在白乳泉的旁边曾经有一座试茶亭，相传这是陆羽当年试茶的地方，他试的当然是新茶，也当然是好茶。因为这一层关系，栖霞山后来又有陆羽茶社。北宋时代，栖霞寺前还开过一间茶馆，叫"徐十郎茶肆"，那是徐锴的儿子开的，茶客盈门，据说茶馆里还同时展示一些二徐兄弟世代相传的古物。直到清代乾隆年间，《江南通志》里还记录栖霞山的茶叶"味甘香"，很受欢迎。好茶叶配上甘甜的泉水，为栖霞山赢来了茶文化名山的声誉。

栖霞山由东中西三峰构成，三峰夹两涧，一名中峰涧，一名桃花涧。栖霞山的涧水也很有名。今天，一进栖霞寺山门，就能看到一处名为"彩虹明镜"的景点，这是当年为了迎接乾隆南巡驻跸栖霞山而挖掘的，由彩虹桥与明镜湖组成。明镜湖的水，主要是由桃花涧水汇集而成，湖水澄碧，光可照人。清澈的涧水自山谷下流，淙淙作响，悦耳动听。"涧浮山影，山传涧声"，这是南朝梁元帝萧绎笔下的栖霞山；"松涧纷相悦，溪喧若趋敌"，这是明代著名诗人王世贞笔下的栖霞山；"中峰新雨后，石濑溅人衣"，这是清代著名诗人王士祯笔下的中峰涧。空山新雨，青松碧流，山影涧声，这是一处有声有色的清幽世界。在这里，不仅可以领略山光水色，还可以在大自然美景中洗涤尘俗的嚣尘，陶冶身心，难怪从古到今人们都喜欢来栖霞山。

人文胜地说栖霞

栖霞山是一座人文名山。

首先，栖霞山是宗教名山。从历史上看，栖霞山不仅是佛教名山，也是道教名山。在明僧绍到达摄山以前，山中已经有前人留下的历史遗迹。比较早的有两处：一处是三国东吴的将军顾悌留下的一座堡垒，他曾经率军队在这里戍守；还有一处是东晋时有名的道教术士扈谦留下的道馆，他曾经在这里结茅而居。可惜道馆后继无人，逐渐湮灭了。不过，栖霞山后来的历史上，仍然不乏道教的遗迹。明清之际，道士张瑶星隐居于山上的白云庵。这位道士是当时名人，曾被写入孔尚任的名作《桃花扇》中。据说明亡以后，李香君在栖霞山葆贞观出家，后来侯方域与之相见于山中，就是经过这位张瑶星道士的点拨开悟，二人双双入道。相传李香君死后埋于山中，而桃花涧也因此而得名。

栖霞山的主峰名叫凤翔峰，又名三茅峰，那是因为凤翔峰顶上曾经建有三茅宫，祭祀三茅真君，也就是汉代的茅盈及其弟茅固、茅衷，他们是道教传说中的三位神仙。另外还有碧霞元君庙。碧霞元君就是道教中的天仙玉女泰山碧霞元君，俗称泰山娘娘、泰山奶奶、泰山老母。据说庙里还同时供着佛祖、三茅真君和梁元帝的塑像，各开一门，同处一宇，互不影响。儒道释三教和谐相处，在栖霞山是有历史渊源的。

据说张瑶星所隐居的白云庵，就是当年明僧绍栖霞精舍的故址。明僧绍是栖霞山的灵魂人物，后人提到栖霞山的历史，几乎离不开他。他出身山东平原，明氏是当地大家族，世代为官，很有影响力。仅南朝的宋齐梁三代，明氏家族出任太守、刺史级别官职的人物就有六位。但明僧绍从小对富贵仕宦、升官发财之事不感兴趣，而喜欢山水林岩，喜欢在山林当隐士，在隐逸中钻研学问，刻苦讲学。也许从他父亲给他起名"僧绍"开始，他就与佛教结下不解之缘。他对佛学有很深的领悟，但他的学问并不限于佛学，而是同时钻研三教即儒教、佛教和玄学，玄、佛、儒三教兼融。明僧绍写过一篇文章《正二教论》，就是把道教与佛教放在一起比较，结论是佛理通达而老庄敝陋。他与法度禅师十分投缘，而且临终舍宅为寺，也证明他内心还是倾向于佛教的。

南齐永明元年（483），明僧绍去世。他把自己居住过的栖霞精舍，捐给法度禅师，栖霞精舍就成了现今栖霞寺的前身。法度禅师是北方人，少小出家，"游学北土，备综众经，而专以苦节成务"，刘宋末年来到建康，明僧绍对他十分尊敬。法度的功绩主要有两项：一项是他与明僧绍的儿子、当时正在栖霞山下的临沂县任县令的明仲璋联手，发动建康城的善男信女出钱出力，在栖霞山开凿了千佛岩；另一项是他收服了靳尚，使栖霞山成为佛教的永久据点。在他之前，有道士想在这里建观立足，却经常受到疾病瘟疫的困扰，最后都以失败告终。这可能是因为山神靳尚作乱。靳尚是战国时代楚国人，也就是史书上记载与屈原作对的那个奸佞小人。不知道为什么，他流落到栖霞山，血食一方，经常现身为巨蛇，恐吓来往行客。可是，他却十分崇敬法度，拜法度为师，素食斋戒，成了皈依佛门的弟子。

自南朝以来，栖霞寺声誉日隆，隋文帝令天下八十三州建塔以储舍利，南京栖霞寺名列第一，可见栖霞寺在当时的地位。到了唐代，它与山东长清灵岩寺、湖北荆山玉泉寺、浙江天台国清寺并称"天下四大丛林"。历代名僧大德层出不穷。隋朝的法响法师，佛学高深，讲经传神。据说他讲经引人入胜，甚至连老虎也听得津津有味。明朝万历年间，栖霞寺云谷禅师以个人影响力四处募捐，重修栖霞寺，使之焕然一新。云谷禅师在禅宗历史上也非常有名，明朝文人罗洪先、唐顺之和思想家袁了凡等人都到栖霞山听云谷禅师讲学，他们都非常佩服法师的禅学修养。生活在明末清初的觉浪法师，在南京很多寺庙里都做过住持，灵谷寺、祖堂寺、报恩寺、天界寺等多所寺庙监院都很尊重他。他的佛学修为在当时南京的佛学界首屈一指，他去世后，人们为他在栖霞山千佛岭上建了灵塔，其他寺庙也以自己的方式纪念这位一世高僧。

进入二十世纪，栖霞山的名僧也层出不穷，有宗仰上人、若舜上人、寂然上人、志开上人、茗山上人等。寂然上人与志开上人在侵华日军南京大屠杀期间，救助了很多无辜平民。台湾佛光山的开山法师星云大师，就是在那时候到了栖霞寺，后来在栖霞寺出家，从此也与栖霞寺结下了不解之缘。

其次，栖霞山堪称教育名山。它悠久的教育传统，可以追溯到明僧绍。明僧绍一边隐居，一边讲学。他一生中换了好几个隐居讲学的地方：从今天的青岛崂山，到连云港东边的一个海岛，再到南京栖霞山。研究学问与聚徒讲学就是他隐居生活的主要内容。他在栖霞山隐居讲学的时间最长，影响也最大。与法度同时，栖霞寺和尚僧朗在佛学上也有精深的造诣，他是佛学三论宗历史上的重要人物之一。梁武帝曾专门派一些僧人上栖霞山，由僧朗向他们传授三论宗。从此，栖霞山成为三论宗的发源地，也就是三论宗的"祖庭"。前些年，韩国佛教三论宗代表团还专程到栖霞寺来认祖归宗。可以说，从南朝起，栖霞山就是佛学教育的重要基地。今天的中国佛学院栖霞山分院，就设在栖霞寺里，佛学教育传统一脉相承，绵延不绝。

古代士人喜欢借住寺庙读书，或者准备科举考试，幽静的栖

潮打石城

霞寺成为南京士人的首选。明清两代，有不少士人住在栖霞寺里读书，焦竑有诗《送叶生读书栖霞》，明末程嘉燧也有诗《寄李长蘅（同王从生读书栖霞山）》，都是鼓励年轻人在栖霞山好好读书的。今天的仙林大学城临近栖霞山，书香文脉，承传有自。

再次，栖霞山很有帝王之缘，可以称为历史名山。"一座栖霞山，半部金陵史"，当之无愧。秦始皇统一中国之后，南巡北还，渡江到栖霞山，在这里留下了"始皇临江处"的遗迹。明僧绍因为不响应宋齐两朝的征召，拒不出山入仕，而被后人尊称为"明征君"。他在宋齐两代很受帝王尊重，齐高帝萧道成对他尤其礼敬有加。千佛岩开凿之初，萧齐文惠太子、竟陵王、豫章王以及后来梁朝的梁武帝、元帝、临川王萧宏等，都参预其中。梁元帝萧绎还撰有《摄山栖霞寺碑铭》。陈后主曾与江总一起游栖霞山，二人还留下了唱和之作。陈后主命江总撰写《摄山栖霞寺碑》，并命当时最有名的书法家韦霈书写。不幸的是，江总碑毁于唐武宗会昌年间的那场灭佛运动，连宋仁宗康定元年（1040）栖霞寺和尚契先重刻的江总碑，今天也不存在了。现在栖霞寺门左边竖立的江总碑，是前几年重新刻立的。

栖霞寺门右边树立的唐碑《明征君碑》，则因为出于唐高宗之手，而安然度过了会昌年间的那场劫难。明僧绍的六世孙明崇俨擅长神道法术，很受唐高宗宠幸，上元三年（676），唐高宗特撰此碑文，以示恩宠。《明征君碑》象征着栖霞寺与唐代皇权的特殊关系，也有力地维护着栖霞寺在唐代的地位。从这个角度可以说，明僧绍不仅是栖霞山的灵魂人物，也是栖霞寺的保护神，他的神力通过他的子孙、通过这块碑文，庇护山寺长达几百年。

乾隆《游栖霞寺》诗碑

与栖霞山结缘最深的帝王，是清朝乾隆皇帝。他六下江南，五次住在栖霞行宫，第一次是在1757年，第二次在1762年，第三次在1765年，第四次在1780年，第五次在1784年，虽然总共只有45天，却作诗119首，楹联、匾额等50多副。乾隆南巡之前，两江总督尹继善就着手做准备，修建了栖霞行宫。行宫的建筑，包括春雨山房、太古堂、武夷一曲精庐、话山亭、夕佳楼、石壁精舍等，还有一个御花园等。这些诗文作品，成为栖霞山一笔宝贵的历史文化财富。乾隆也给栖霞山的一些景点命名，"彩虹明镜"就是他命名的。千佛岩上有一座"纱帽峰"，"纱帽"

就是古代官员戴的乌纱帽，乾隆认为与明征君的隐逸形象不和谐，就提议改名"玉冠峰"。他还在诗中称赞栖霞山是"第一金陵明秀山"，这对于宣传栖霞山和提升栖霞山的知名度，大有好处。乾隆皇帝是栖霞山最高级别的形象代言人，也是最为热心的宣传员之一。

诗歌名山号栖霞

栖霞山是一座文学名山，尤其是诗歌名山。栖霞山的自然胜景和人文胜迹，吸引诗人文士来到这里，发现、体认、歌咏并享受这座山丰沛的诗意。山水人文相互激发，栖霞山遂成为一座诗歌名山。

早在南朝时代，江总碑文中所描写的栖霞山景，就十分迷人："崖檐峻绝，涧户幽深。卉木滋荣，四时助其雕绮；烟霞舒卷，五色成其藻绚。"高峻的岩崖，幽深的山涧，欣欣向荣的草木，五色舒卷的云霞，这是一幅栖霞山的自然生态图，多么悦目怡人，多么适合养心！更不用说还有满山的药草，养心之余，更宜养生。

从南朝直到今天，在这 1500 多年里，有无数文人学士来过栖霞山，他们访古寻幽，流连山水，吟赏风景，留下了难以计数的诗文篇章。《诗栖名山》一书所选录的 95 位诗人的 126 首诗，只是其中一部分而已。这些诗人来自全国各地，既有南京本地人，也有来南京任职或者流寓南京的外地人，还有因事路过南京的游客。他们的身份也五花八门，上至帝王贵胄高官，下到一般文人学士，从梁陈隋唐，到两宋明清，再到民国，都有名家名篇。如南朝的梁元帝萧绎、江总、陈后主，唐朝的刘长卿、顾况、权德舆、皮日休，宋朝的叶清臣、王安石、俞紫芝、周文璞等。明清两代游览栖霞山并留下题咏的诗人名家，数量尤其多。明朝有汪道昆、王世贞、焦竑、于慎行、汤显祖、钟惺、袁宏道、袁中道、吴应箕，清朝有杜濬、顾炎武、王士禛、宋荦、孔尚任、查慎行、厉鹗、袁枚、蒋士铨、赵翼等。民国年间，作为首都的南京吸引了很多学者诗人，比如国学大师王伯沆和黄侃两位，就是其中的代表。他们都是任教于中央大学的名教授，一个是本地人，一个则流寓南京。纵观各代，只有元朝暂缺，翻检今人编撰的《全元诗》，也没有找到一篇可信的题咏栖霞山的诗。这多少有点出人意料，但早在乾隆年间，编撰《摄山志》的南京本地学人陈毅就说过："观元人百家诗，无一过而问之者。"无论如何，这是令人遗憾的。

各家题咏栖霞山的诗篇，形式多样，长短不同，各有特点。既有五言诗，也有七言诗，既有绝句律诗，也有古体诗，既有短篇小绝，也有长篇歌行，还有系列组诗。独自吟唱的居多，友朋唱和的也不少，比如明代余孟麟、朱之蕃、焦竑三人的唱和，谢肇淛奉和叶向高两人的赠答，前者为本地人，后者为外地人。他们来访栖霞山，选择在不同的时间节点，春夏秋冬、晴雨灾后、朝暮晨昏、深夜月下，应有尽有，所见之景、所遇之境不同，内心所感自然也就两样。这些诗人写到栖霞山各种景点，有的今天仍存，有的已不可见。仍存者，将诗中所描绘的与今天的面貌相对比，可以看见古今沧桑；不可见者，则可以透过前人的诗句，想见其风貌。选题的角度也各有特点，都有新意。有的是重访，有的是刚刚离开就已回首，有的如谢肇淛是因为下雨而未果前来，有的如汤显祖是因为水灾而取消了行程。大多数诗篇写的是现实中的栖霞山之行，也有一些诗篇则是描写虚幻的行程，例如梦中游历栖霞山，或者以题画诗的形式，想象别人的栖霞山之游，更有一层奇幻的色彩。各种不同的题材和选题角度，提供了观察栖霞山的众多视角。尽管视角有所不同，艺术水准有高有低，但都提供了理解栖霞山自然风貌与历史文化变迁的重要材料。比如，从谢肇淛、钟惺等人的诗篇中，我们可以看出，观赏红叶在明代后期的南京已经蔚然成风了。

"禅坐蕙栖"，这是江总《摄山栖霞寺碑》铭文中的一句。所谓"禅坐"，就是打坐悟禅，说的是养心之道；所谓"蕙栖"指的是寻访药草，说的是养生。诗人文士到栖霞山，目的各有不同：有人为了看山，有人为了访古，有人来此寻友，有人到此礼佛，有人来此避暑解闷，有人借此静养读书。这些诗人游客，或者踽踽独行而来，或者结伴成群而至，或者得意狂歌，或者失意低回，往往来时带着城市中的重重心事，到这里沐浴一番山林月露，耳听一阵晨钟暮鼓，离开时便携走山中的诗意，换上了轻松的心境。甚至连陈后主在游山之后，都心血来潮，生起一阵高隐的念头。所以，王世贞曾在一首诗中写道："来似江总持，去则明征君。"来的时候，心里想的都是江总那样的高官厚禄，回去时想的则是像明僧绍那样隐逸高栖。栖霞山的药草，使人珍重生命的摄养；栖霞山的绿树，使人呼吸到更多心灵的氧气；栖霞山的清幽，使人获得心境的宁静；栖霞山的禅思，使人的精神焕然一新。

十九世纪初叶，德国伟大诗人荷尔德林在一首题为《轻柔的湛蓝》的诗中写道："如果生活是全然的劳累，那么人将仰望而问，我们仍然愿意存在吗？是的，充满劳绩，但人，诗意地栖居在此大地上。"二十世纪德国著名哲学家海德格尔借用这首诗句，将"诗意地栖居"提升到人生和人性思考的层次，将其转变为一个哲学命题。所谓"诗意地栖居"，就是如何转化生活中的烦恼、痛苦，使其成为诗意人生的一种体悟。技术日新而人性异化，物质日富而道德贫乏，心源枯竭而诗意匮缺，这是现代人所面临的人生困境，没有一个人可以逃避。这实质上就是养生之余兼顾养心的问题。游览、歌咏栖霞山的诗人，也常常对这个问题有所思考。翁心存《栖霞阻风》有这样两句："鹢不因风先自退，山如欲语笑人忙。"谦退、散淡、悠闲、缓慢，就是他的一种诗意人生的态度，这也是栖霞山的生活态度。

栖霞山的一二三

栖霞山位于南京主城东北方，仙林大学城的北方。这座六朝名山，有许多传奇故事。长话短说，现在只讲一位隐士、两篇碑文和三大美景。

先说一位隐士。

这位隐士，与栖霞山的文化历史有至关重要的联系。他的名字叫明僧绍，南朝齐郡平原（今山东平原）人。明这个姓氏并不常见，据说明氏的祖先，是春秋时代秦国著名政治家百里奚的儿子孟明。孟明是一位能征善战的将军，为了纪念他，后代便以其名为姓。在魏晋南北朝时期，明氏家族势力很大，仅南朝宋齐梁三代担仁太守、刺史级别官职的人就有六位。明僧绍的曾祖当过晋朝著作郎，祖父是晋朝建威将军，父亲当过南朝刘宋的平原太守和中书侍郎。

也许和父亲取的名字有关，明僧绍从小就对佛教有着浓厚兴

　　　　潮打石城

趣。他爱好山林，也爱好读书讲学，于是在山林中做起了隐士，一边刻苦钻研学问，一边讲学。最初，他隐居于青岛讲学，后来内迁到连云港。宋齐之际，这两个地方先后面临北魏的军事威胁，只好后撤，最后撤到了建康。从隐居青岛，到隐居连云港，直到最后隐居南京栖霞山，他主要依靠时任青州太守的弟弟明庆符的经济支持。所以，当弟弟内调建康（今南京）任职，他也随之来到南京。

当时很多隐士在钟山结茅隐居。明僧绍为何没有选择跟他们在一起，也没有选择南郊牛首山或者别的什么山，而是选择了城东北郊的栖霞山呢？说起来，栖霞山那时还不叫栖霞山，而是叫摄山，因为山中多药草，有益于摄生，所以得了这么一个名字。据有关文献记载，明僧绍到南京后，看过很多山林，最后发现摄山特别符合他的心意。他隐居青岛和连云港时，就喜欢山中多岩石和泉水，栖霞山也有泉石之胜。明僧绍住在连云港弅榆山上时，曾建了一个"栖云精舍"。刘宋末年，他到摄山之后，又在山里修建了住处"栖霞精舍"。在文言文中，"云"和"霞"往往连用，明僧绍的栖霞精舍与栖云精舍名异实同。后来，明僧绍舍宅为寺，于是有了栖霞寺，山以寺名，摄山也就被人称为栖霞山。总之，"栖霞"这个名称源自明僧绍。

后人多尊称明僧绍为"明征君"。"征"是征召的意思，古代受到皇帝征召的人，就称为"征君"或"征士"。明家势力大，明僧绍在学术文化方面的影响力与号召力也不可小觑，所以，宋齐王朝特别是萧齐开国皇帝萧道成很看重他，多次邀请明僧绍出山做官，又是送他礼物，又是制造偶遇，但都被拒绝了。陆游有诗云："志士山栖恨不深，人知已是负初心。"陆游喜欢发表酷评，这两句诗也似乎有点矫情。不被"人知"，那里有"志士"的名声呢？像明征君这样的人，越不出山，名气就越大，一旦出山，他的人设就要彻底崩塌了。

再说两篇碑文。

我们今天能够知道明僧绍的身世，能够了解他在栖霞山活动的情况，要感谢两篇碑文。一篇是现存栖霞寺的初唐《明征君碑》。碑文是唐高宗李治亲自撰写，由著名书法家高正臣书丹，另一书法家王知敬篆额。唐武宗会昌年间，天下灭佛毁庙，多亏《明征君碑》的作者唐高宗是唐武宗的祖先，才侥幸逃过此劫，完好保存至今。

唐高宗贵为天子，为什么要替一个几百年前的隐士写碑文呢？原来，明僧绍的六代孙明崇俨，是个术士，法术高超。据说某年大暑天，皇帝突然想要看雪，他竟真的弄来了雪。他的种种奇迹，简直比刘谦的魔术还要神奇。所以，他深得唐高宗宠幸，求皇帝写一篇碑文，自然不是什么难事。要配合皇帝的身份，这块碑自然形制高大，书刻精美。这也说明明僧绍在栖霞寺历史上的地位很高。

《明征君碑》拓片局部

　　《明征君碑》有很高的史料价值。读这篇碑文，可以知道平原明氏的家世，知道明僧绍在各地的行踪，知道他最后选择在摄山隐居的原因。特别值得一提的是，《明征君碑》中还出现了"南京"这个词语。这个词语指今天的南京，这是第一次。也就是说，至少从唐高宗时代开始，人们就用"南京"来称呼建康，慢慢的，"南京"才成为这个城市的专用名称。

栖霞山还有一块重要的碑文，就是《摄山栖霞寺碑铭》，这是南朝陈代江总写的，俗称《江总碑》。直到唐代中期，它还保存完好，中唐诗人苗发曾在诗中写道："若到栖霞寺，应看江总碑。"可见《江总碑》在唐代是很有名的。不幸的是，在唐武宗会昌年间的那场灭佛运动中，此碑被毁，至今只有破碎的残件存留下来。此碑宋代重刻过一次，但也没有存留下来。今天栖霞寺门前立的《江总碑》，是前些年重书重刻的。

江总曾任陈朝侍中、尚书令，官位很高。他是南朝著名的文学家，也是虔诚的佛教徒，当时名气很大。他为栖霞寺写的这篇碑文，曾收入他的文集，并被后人传抄，所以碑虽不存，文章依然流传。据碑文记载，栖霞山最早叫伞山，因为山的外形远看就像一把伞；又称为摄山，因为山中有很多药草，可以用于养生，有利于延年益寿。碑文还告诉我们，在明征君到来前，山中已有一些人文历史遗迹：比如三国时代东吴的将军顾悌曾镇守于此，并留下一个堡垒，又比如东晋著名术士扈谦曾在这里结茅而居。佛教与道教双方竞争，最后是佛教占据了栖霞山。

最后说三大美景。

栖霞寺三圣殿前，立着一块明代的碑刻，是明朝状元焦竑撰写的《栖霞寺修造记》。焦竑说，南京有三处山水名胜：牛首山以山著名，弘济寺以水著称，而兼有山水之胜的是栖霞山。今天，人们只知道栖霞山以枫叶著名，但在历史上，栖霞山自然美景的特点是有山有水，还有三大亮点，就是泉、树、岩。

栖霞山的山泉很多，名字大多起得很优雅。品外泉、白乳泉、珍珠泉，在明代并列为栖霞山三大名泉。一进山门就可以看到的"彩虹明镜"，是乾隆时就着一个泉眼挖出来的，由泉水外加桃花涧的流水聚集而成。

有好泉水，就可以泡出好茶。在历史上，栖霞山的茶相当著名。在白乳泉旁边有试茶亭。唐代茶圣陆羽曾经到栖霞山采茶，有唐人皇甫冉《送陆鸿渐栖霞寺采茶诗》为证："采茶非采菉，远远上层崖。布叶春风暖，盈筐白日斜。旧知山寺路，时宿野人家。借问王孙草，何时泛碗花。"诗题中的陆鸿渐，就是陆羽。可见，栖霞山的茶文化史，至少可以追溯到中唐时代。南唐著名学者和书法家徐铉的侄儿，曾经在山前开过茶馆，吸引了很多茶客。乾隆年间编的《江南通志》里，也记载栖霞山的茶叶"味甘香"。好茶与好泉，为栖霞山的茶赢得了声名，奠定了文化基础。

栖霞山不止有枫树。实际上，这座山树林茂密，有些树长得很高很大，一看就知道树龄很长。很多历史文献都提到，栖霞山有六朝松，据说是梁武帝亲手种植的，直到清代康熙年间还有记载称，有人在栖霞山遇到雷雨，看到这棵树被雷击中，劈掉了两个树干，但另外一枝还在。如今，栖霞寺大殿前面还有很多银杏树。在清代记载中，寺里有些银杏树"大到六七抱，高有十几丈"，传说是六朝时种的古树名木。当然，对于这些树植于六朝的说法，我们不必全信，只要得意忘言，理解其历史之悠久，就足够了。

岩石是栖霞山的重要地理文化资源之一。天开岩在栖霞山中峰右边，形状好像是被天斧劈下来，中间留有一线天，上面刻着"醒石"二字，旁边还有一个《岣嵝碑》。传说大禹治水之后，立了这块碑，上面刻的是岣嵝文，没人能看得懂。栖霞山最早的《岣嵝碑》，是明代人翻刻的，字形稀奇古怪，引人注目，成为山中一景。现存的《岣嵝碑》也是近人重刻的。还有叠浪崖，岩石巨大，山石起伏，也是栖霞山的美景之一。

岩石中最重要的当然是千佛岩。这是江南唯一大规模的南朝石刻，也是真正的六朝文物。石刻洞窟中的飞天画像，在佛教艺术史上是异常珍贵的遗产。最初出资开凿千佛岩的，大多是齐梁两朝的王公贵族。后代很多文人学者来到这里，参观石窟，题诗留刻，有唐代文学家沈传师，南唐书法家徐铉、徐锴兄弟，北宋著名学者张稚圭、胡恢以及王安石等，还有民国著名学者黄侃等。二徐兄弟、胡恢及黄侃等人的题刻，至今还清晰可见。

千佛岩大小不一，最大的石刻是三圣殿，中间刻的是无量寿佛，旁边是观音与大势至菩萨。无量寿佛高达十几米，虽说比不上龙门石窟的那尊卢舍那佛，但在南朝石刻中非常稀罕，设计高超，雕造精美。这尊佛像的设计师是南朝著名的佛教学者僧祐。最奇妙的是三圣殿的佛光。在特定的时间，太阳光以特定的角度，投射光斑于窟中无量寿佛佛像的右脸颊上，光斑慢慢移动，最后落到佛像的眉心部位，犹如一颗明珠。利用日照与建筑的位置及角度关联，制造这一佛门奇观，一千多年前设计者的奇技巧思，今人自叹弗如。

高僧与皇帝

　　高僧是佛学界的翘楚，皇帝是人间至高无上的统治者。栖霞山在佛教史上具有重要地位，从古至今，名僧层出不穷，皇帝的车驾也时常光临此地。

　　南朝法度是栖霞山的开山法师，堪称栖霞寺的奠基人。他原是北方人，老家在燕（今河北）一带，少小出家。刘宋末年，他游方到了南京，与明僧绍特别谈得来。据说，有一天法度梦见岩端有一尊佛像，金光照射，于是和明征君一起筹备建造佛像。不久，明征君便去世了，二儿子明仲璋接力，与法度携手努力，开始在栖霞山开凿千佛岩的工作。

　　隋朝法师法响，学问高，佛学造诣深。据说，他讲经极为生动，引人入胜，连老虎也被吸引来听他讲经。这当然只是传说，但由此可以看出来，从前栖霞山一带的生态环境非常好。

　　云谷禅师是明代的高僧。万历年间，他靠个人力量四处募捐，把已经相当残破的栖霞寺修复一新。明朝文人罗洪先、唐顺之等人，都曾经来栖霞寺听他讲佛学，非常佩服他的道行志业。栖霞寺的影响也越来越大了。

明末清初，栖霞寺出了一位高僧，他就是觉浪法师。觉浪的佛学修为在当时南京佛学界首屈一指，他对《庄子》也很有研究。他认为，《庄子》一书实际上是"儒宗教外别传"，托老聃之名，行尧孔之实。近代南京学者钟泰对《庄子》的理解，与之相近，不知道是否受到觉浪法师的影响。明遗民方以智很佩服觉浪的学问，曾拜觉浪为师，觉浪受这层关系的牵连，曾被清廷逮捕入狱。他去世之后，人们为他在栖霞山千佛岭上修建了灵塔。

最喜欢栖霞山的皇帝，应该算清代的乾隆皇帝。乾隆皇帝六下江南，五次住在栖霞山，第一次是在 1757 年，第二次在 1762 年，第三次在 1765 年，第四次在 1780 年，第五次在 1784 年。在乾隆南巡之前，当时的两江总督尹继善就着手做准备，最重要的工作就是在栖霞山修建行宫。行宫的大概面貌，可以从清代流传下来的图上看得出来。行宫的主要建筑，包括春雨山房、太古堂、武夷一曲精庐、话山亭、夕佳楼、石壁精舍等，还有一个御花园。遗憾的是，现在只能看到一些断瓦残石，地面建筑全都毁于战火。

乾隆皇帝住在栖霞山时，精神愉快，诗兴大发，写了好多诗。据我统计，他在栖霞行宫写的诗达 119 首之多，还有楹联、匾额等50多副。虽说他五次南巡驻宁都住在这里，但总算起来，他在栖霞行宫只住了45天，这些作品都是这45天里写的，堪称速成。他留下的这些诗文作品，艺术水准乏善可陈，但总是栖霞山历史上一笔宝贵的文化财富。他还赐予寺僧一件金龙袈裟，至今仍在寺中宝藏。

除了写诗，乾隆还给栖霞山的很多景点命名，比如尹继善挖了大池塘，靠近栖霞山的山门，一开始没有名字，乾隆命名为"彩虹明镜"，这个名称就这么确定下来了。千佛岩上边有个不太高的山峰，形状看起来像纱帽，于是就有了"纱帽峰"的名字。乾隆看了，觉得"纱帽"这两个字又俗又白，与明征君的隐逸形象不和谐，就提议改名"玉冠峰"。一般来说，圣意不容违抗，但乾隆的这个改名方案，似乎并没有贯彻执行，纱帽峰之名至今依然流行。

乾隆在栖霞山写的那些诗里，比较值得一提的是他第一次驻跸时所写的那首《游栖霞山》：

第一金陵明秀山，所欣初遇足空前。

画屏云罨紫峰阁，乳窦春淙白鹿泉。

梵业镌碑尚隋代，净因舍宅自齐贤。

更谁凿壁名纱帽，只恐平原意未然。

诗中的"平原"，指的就是山东平原人明僧绍。诗的最后两句写到纱帽峰，乾隆发挥了一下幽默，说这座山峰如果名叫"纱帽"，怕是明征君不会同意，因为明僧绍平生不喜欢做官，最不愿意与纱帽发生联系，应该改名"玉冠峰"。从文学艺术角度来说，乾隆的诗不算上品，但毕竟是金口玉言，像"第一金陵明秀山"之类的句子，就对栖霞山作了很好的宣传。可以说，他是栖霞美景最高级别的代言人。

俗语说，"天下名山僧占多"。栖霞山就是僧占名山之一。僧占名山，靠的不是政治权力，而是文化积累与开发。所以，尽管栖霞行宫曾经盛极一时，却在毁于战火之后一蹶不振，而栖霞寺却能屡废屡兴，犹如猫有九命，其背后有宗教信仰支撑和文化力量支持。由此看来，"天下名山僧占多"不是没有道理的。

有洁癖的米芾和他的女婿段去尘

　　米芾是宋代书法大家，众所周知。米芾有洁癖，今天知道的人虽然不多，在当时却是传闻遐迩，声名在外的。他的"洁癖"究竟如何，据说连宋高宗都很好奇，颇欲"八卦"一通。某一天，他翻看大内珍藏的米襄阳法帖，忽有发现。他在《思陵翰墨志》中说了这样一段话："世传米芾有洁疾，初未详其然，后得芾一帖云：'朝靴偶为他人所持，心甚恶之，因屡洗，遂损不可穿。'以此得洁之理。靴且屡洗，余可知矣。又芾方择婿，会建康段拂字去尘，芾释之曰：'既拂矣，又去尘，真吾婿也。'以女妻之。"宋高宗收藏有米芾的一封信，米芾在信中说道，有一次，他的靴子被别人错拿，取回来后，他总觉得被别人弄脏了，洗了一遍又一遍，靴子很快被洗破，不能再穿了。如果不是米芾自己这么说，我要疑心此事是后人夸大其辞。现在看来，这是可以确信无疑的。

米芾去世之后，蔡肇为他撰写墓志铭，在铭文中有"浣衣濯带肌瘃皲"一句，就是说他经常洗濯，手经常泡在水里，皮肤都起皲了。这等日常琐事，居然堂而皇之，在铭文中占了一行，可见它给世人留下多么深刻的印象。看样子，米芾的洁癖，已经到了有心理强迫症的地步，不说不行。

墓志铭中还说，米芾有五子八女，有一个女儿确实嫁给了南京人段拂。据说，段拂考中进士那年，米芾看到新科进士的题名录，大喜，说段拂的名字起得好，经常拂扫，自然一尘不染。段拂的名和字，都很对米芾的胃口，月老红绳由此牵成。

段拂的字起得好，有洁癖的米老自然满意，但也有人不太以为然。丹阳人葛胜仲与段拂同时，任职汝州太守时，才认识段拂。他的文集《丹阳集》卷八有一篇《段拂教授字序》，是与段拂比较熟识之后写的，值得注意。"字序"是一种特殊的文体，宋代特别常见。一般来说，字序或者是为人取字，或者是阐述所取字的意义，同时表达慰勉之意。段拂已经有了字，所以，这篇字序先从段拂字"去尘"说起，灰尘自然应该打扫，名拂，字去尘，名正而字顺。当年，楚国三闾大夫屈原早就说过："安能以皓皓之白，而蒙世俗尘埃乎？"这是《楚辞·渔父》中的句子。不愿蒙受尘埃，就要以沧浪之水濯缨濯足。

说到"尘"，不妨穿插几段与"尘"有关的金陵掌故。"尘"与六朝史以及南京城颇有历史渊源。西晋初年，游宦于洛阳的东吴世家子弟陆机，就曾感叹道："辞家远行游，悠悠三千里。京洛多风尘，素衣化为缁。"与他同时的大作家左思，也曾经在其名作《三都赋》中，描写吴国故都建业，市井繁华，人口众多，"挥袖风飘，而红尘昼昏"。滚滚红尘，成为吴都建业的繁华标志。东晋时代，建康再度成为都城，王导和庾亮是城里权位最重的两大名士，分庭抗礼。当时，庾亮在石头城，偏西，王导在冶城，在石头城的东南。有一天，忽然刮起西风，尘土滚滚向东驰来。王导以扇拂尘，说："从庾亮那边吹来的尘土真脏啊！"谢玄的妹妹谢道韫质问谢玄，为什么你的学识总不见长进，是因为"尘务经心"呢，还是因为"天分有限"？王戎也说王衍是"风尘表物"。总之，评论人物，总是以濯濯绝尘为贵；尘不是好东西，拂尘是必须的。

王导、谢玄的故事，葛胜仲文章中也说到了。但是转过来，葛胜仲又说，段拂"气调迈往"，学问好，文章也好，与众不同，"分教三郡，所至人士皆喜之，慈祥粹和，与物无忤，不必矫揉，自与道合，岂复有尘可去哉？"换句话说，段拂不管是道德修养，还是文章功业，都已经做得很好，没有什么缺点要改进了，再讲"去尘"，没有多大必要。所以，段拂有必要重新取个字。最后，葛胜仲又引荀子的话，说"拂"字还有辅佐之意，谏争辅拂之人，是社稷之臣、国君之宝，因此建议段拂按照荀子这个意思，改字"光辅"或者"宝臣"。

段拂是否改字了呢？似乎没有。葛胜仲的建议看样子没有被采纳，尽管如此，葛胜仲这一番勉励之辞，对段拂还是有鼓舞作用的。段拂果然没有辜负他的期望，南渡后官至参知政事，成为名副其实的"社稷之臣""国君之宝"。从籍贯上看，段拂应该算宋代南京出的一位显宦。

有洁癖的人，看人也可能挑剔。在挑女婿这件事上，米芾还是有眼光的。

第二辑

山玄肤·玉芝朵·断云角

山玄肤、玉芝朵、断云角，这是三块（种）奇石的名字。

三块奇石的主人，是明代初年的朱孟辨。朱氏是华亭（今属上海）人，洪武（1368—1398）年间，任翰林院编修、中书舍人，能诗，也善书画。他在南京做官的时候，曾在聚宝山（今雨花台）找到石料，制成这三块奇石。奇异之石，须配以奇异之名，于是有了这样三个不同寻常的名字。著名画家王蒙为此画了一张画，还写了一篇铭文。今天似乎看不到了。

今天能看到的，是另外一篇铭文，出自明初名臣宋濂之手。应朱孟辨的要求，宋濂撰写了这篇铭文，详细描述三石之神奇。明代南京人周晖所著《金陵琐事》，好记奇石，却没有收录此文。今钞存如下：

山玄肤，割紫蕤。星贯魄，石抱腴。苍水使者佩失琚，山鬼环守目睢盱。内藏一升白龙酥，餐之凌霄跨双兔，奋迅八极游清都。山玄肤，玉为徒。

　　玉芝朵，自天坠。量翠霞，裁狰狯。煅以九阳真颒火，有声泓噌玉之瑳。不学三秀脆而伙，韩终欲擭意仍叵，青鸟传信似需我。玉芝朵，青媠媠。

　　断云角，鬼斧琢。秀棱棱，文研研。霓旌难攀溯寥廓，手折祥氛庽一握。尚带蛟龙气旁魄，神母变幻资橐籥，上冲牛斗香如濯。断云角，镇书幄。

山玄肤，应该是黑中带白。玄肤是黑，白龙酥是白，但又相当温润，触手有玉的感觉。玉芝朵的外形如一朵灵芝，内质如坚玉，像经过九阳真火的淬炼，上面还有翠霞之晕。断云角造型更为奇特，鬼斧神工，犹如云断一角，因而让宋濂产生了龙腾神变的联想。聚宝山的石料能制成这样的稀罕珍宝，是很少见的。

在明代，像朱孟辨、宋濂、周晖这样关注雨花石的人毕竟不多。那时候人们对雨花石的命名，似乎尚无一定之规。民国时，有一位雨花石的收藏家叫王猩酋，写了一本《雨花石子记》，其中对雨花石的命名，大多采用比较有形象、有文采的四字格。书中列举了很多，例如"岁寒冰雪""池边鸟树""月出东山""达摩松下"等。前代收藏的名石，到了新的收藏家手里，往往改名换姓，拥有新的名称。不知道这本书中所列诸多美石芳名录中，是否就有朱孟辨当年收藏的山玄肤、玉芝朵、断云角？

胭脂石和血影石

南京号称石头城，与石的缘分不浅，城里城外，与石相关的名胜比比皆是，掌故也多。城北沿江，近几年修建了幕燕风景区。"幕"指的是幕府山，山上有白石垒。"燕"指的是燕子矶，燕子矶就是突出于江边的一块巨石。幕燕风景区有一处重要名胜，就是达摩洞，洞中有达摩面壁石。相传达摩在这个洞中面壁思考之后，才一苇渡江，最终抵达河南嵩山少林寺，开创了禅宗。城东，紫金山的头陀岭景区，在刘基洞下方百余米处，有一块弹琴石，南朝名贤萧思话曾经弹琴于此。城西的石头城又称蛎蛣矶，"蛎蛣"就是癞蛤蟆，此矶因为奇形怪状而得名。城南石子冈盛产石子，聚宝山则有所谓"聚宝石"，今天通称"雨花石"。其实，雨花石最早不是出自聚宝山，而是来自郊区六合。

城中的鸡鸣寺，六朝时名叫同泰寺，因为地近台城，所以，常有皇帝的身影出现于此，也就多少带有皇家的气息。陈朝末年，隋军南下攻破建康，陈后主带着他最宠爱的张丽华、孔贵嫔，躲到寺旁的一口井里，后来被俘获。井口很小，张丽华、孔贵嫔进出之时，脸上的胭脂沾到了井栏之上。后人以手拂拭井栏石，就会露出胭脂之痕，这口井因此得名"胭脂井"。这当然都是传说，是好事者的解读。后代到鸡鸣寺和胭脂井访古的人很多，留下了很多题咏。南宋诗人曾极就写过这样一首诗："寒泉玉甃没春芜，石染胭脂润不枯。杏怨桃羞娇欲堕，犹将红泪洒黄奴。"曾极与南朝相距已经好几百年，当他叙说这段南朝旧事，仍然不脱香艳的气氛。"黄奴"就是陈后主的小名。妃嫔的胭脂不仅沾到井栏上，也沾到了陈后主的身上。沾到他身上的，除了胭脂，还有眼泪，混在一起，成了第四句中所谓的"红泪"。这首诗讲的是陈后主亡国的这段屈辱史。因此，胭脂井亦名"辱井"，这块胭脂石也可以援例而称为"辱石"。

南京是十朝古都，许多重大历史事件发生的现场都在这座古城里。比如正阳门，今天称为光华门，它是明代都城南京的正门，位于御道街最南端。朱元璋死后，其子燕王朱棣发动所谓靖难之役，大军南下，攻入南京，篡夺了建文帝的皇位。方孝孺是建文帝的忠臣，朱棣逼方孝孺草拟即位诏书，方孝孺宁死不从，遂被诛杀，并株连十族。据甘熙《白下琐言》卷三记载："正阳门外有地不生青草，为方正学先生受刑处。午门内正殿阶石上有一凹，雨后拭之，血痕宛然，亦传为草诏时齿血所溅。盖忠义之气融结宇宙间，历久不磨，可与黄公祠血影石并传。"正阳门外方孝孺受刑的地方，浸润了太多忠烈的鲜血，青草竟都不能生长。正阳门直北，正对着午朝门，正殿之上有一块阶石，石面凹处，也留着方孝孺的血迹。按照甘熙的说法，这些血迹都是"忠义之气"的"融结"，今天读来，却依然觉得太过血腥，惨不忍睹，难怪周作人当年读了这类文字，也感觉"怏然不乐"。

甘熙提到的"黄公祠血影石"，说的是明建文帝忠臣黄观的故事。黄观与方孝孺一样，都是建文帝的忠臣。黄观是安徽池州人，他不仅是当地有名的"学霸"，而且是中国科举史上极为罕见的"六首状元"之一。所谓"六首状元"，是说他在县考、府考、院考、乡试、会试、殿试中，全都得了第一名。像这样的科举英雄、常胜将军，他的肖像应该供在贡院里，供江南各州学子顶礼膜拜，怕要比文昌帝君更灵。黄观死了以后，的确被供在庙里过，不过不是在贡院，而是在黄公祠里。话说当年燕王朱棣"靖难"大军南下，身为礼部右侍中的黄观正在长江上游募兵勤王。听说首都已被攻陷，建文帝已经死难，正在安庆勤王的黄观悲痛欲绝，当即在罗刹矶跳江殉君。

跳江殉君，拼得一死，虽然于事无补，对于犹在抵抗燕军的忠臣义士来说，却未必没有一种激励士气的精神作用。因此，朱棣对黄观恨之入骨，黄观已死，他只能对黄观家属进行报复。他抓了黄观的妻子翁氏及女儿，并将翁氏配给象奴。翁氏义不受辱，携二女及家人投水而死。相传翁氏投水之时，曾呕血于岸边一块大石头上，血迹在石上勾画出翁氏的影像。这就是后人所称的"翁夫人血影石"。后来，人们修建了黄公祠，以祭祀黄观及其妻女，翁夫人血影石也被移置于黄公祠中。像甘熙一样，很多人都愿意相信，这块血迹石也是"忠义之气"的"融结"，它被赋予神力，是有灵应的。于是，就产生了一些灵异故事，比如说，某次有个无赖子喝醉了酒，竟对着血迹石小便，那石头忽然跃起，把醉鬼砸死了。

翁夫人究竟在哪里投水而死，黄公祠具体在什么地方，地方文献中有不同的说法。有人说翁夫人是在淮清桥投水自尽，有人说是在栅洪桥下投水的。清人王友亮《金陵杂咏》组诗中，有一首题为《黄夫人墓》，其小序云："明侍中黄观妻翁氏及二女并溺栅洪桥下，遂葬于岸侧。"他所说的栅洪桥，就是今天的赛虹桥。照王友亮的说法，翁夫人及二女是在此投水而死，其墓亦在此地。从方位上看，赛虹桥外正对着明代的外郭城驯象门，很多负责驯象的象奴住在那里。朱棣要将翁氏配给象奴，赛虹桥正是必经之地。这么说来，翁氏及二女很有可能是死于赛虹桥。王友亮诗共两首，第一首将赛虹桥与罗刹矶联系起来，赞美黄、翁夫妇的忠义："栅洪桥下涛声怒，玉碎珠沉传此处。一点灵光驾暮潮，远寻罗刹矶头去。"第二首专门讲血影石："国破家亡痛若何，秦淮庙貌自嵬峨。可怜片石留贞影，翻博人间唤普陀。"王友亮为这首诗加了一段自注，提到关于血影石的一段掌故："夫人呕血石上，遂成小影，有僧认为大士像。夫人示梦，始知石今在祠中，呼为翁夫人血影石，俗犹谓之大士云。"原来，年久日深，血影石的来历渐渐不为人知。有人甚至把石上血影认作观音大士。观音菩萨的道场远在普陀山，跟这块血影石实在没有关系。如果没有翁夫人托梦自明，恐怕长久以往，就要以讹传讹了。

有人说黄公祠在桃叶渡旁，有人说在今白鹭宾馆一带，也有人说在钞库街，总体来说，这三处都在一个大范围内，相去不远。清人汤濂《金陵百咏》中有《黄文贞公祠》一首，就称黄公祠"在钞库街，祀明建文靖难忠臣黄公观，夫人亦殉难"。又有《血影石》一首，"相传夫人投水时，呕血石上，成小影，阴雨则见"。他对黄夫人翁氏是很崇敬的："不见黄夫人，但见石上血。忠烈萃一门，气足贯金石。"

黄观和方孝孺都是建文帝的忠臣，都在靖难之役中死节，亲族又都遭株连，后人常常将二人相提并论。久而久之，就有人张冠李戴，把血影石传奇当成是方

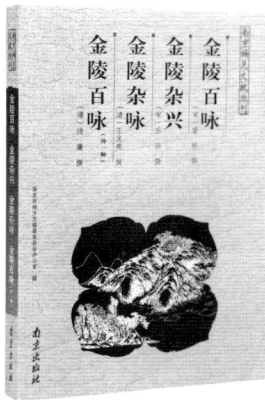

《金陵百咏》（外四种）书影

孝孺的故事。庐江刘声木撰《苌楚斋三笔》卷九中，还专门就此作了辨证。在《古本戏曲丛刊》第三集中，收有一部《血影石传奇》，作者是朱佐朝，清初苏州戏曲作家。他的姓氏和他所处的时代，都让人猜测，他作这部传奇，恐怕寄寓了对故都和故国的情怀。总之，血影石的传奇，在清初传播还是相当广的。

血影石是不折不扣的南京掌故。这三个字中浸透着的残酷和血腥，是很多南京历史记忆共有的特点之一。呜呼！

金陵痴人史忠

　　顾恺之是六朝最著名的画家，当时人对他的评价，有"三绝"的说法。所谓"三绝"，就是"画绝，文绝，痴绝"。"三绝"之中，相对而言，"画绝""文绝"还不难达到，"痴绝"则是最高境界，不可企及。"痴"不是傻，而是"痴情"，《世说新语》中所谓"有情痴"。十五世纪中叶，南京城中出了一位奇人，他跟顾恺之一样，既工于丹青，也擅长诗文，当得起"三绝"的美誉，最难得的是，他的"痴绝"比起顾恺之来，简直有过之而无不及。

　　他就是史忠。

　　史忠，字端本，又字廷直，人称"史痴""痴翁""痴仙"。他家住在冶城，也就是今天朝天官一带，离东晋忠臣卞壶的庙才一百多步。据说他生下来就与众不同，十几岁才开口说话，很有一点大智若愚的样子。周晖《金陵琐事》说，史忠个性卓荦不羁，"好披白布袍，戴方斗笠，鬓边插花，坐牛背，鼓掌讴吟，往来市井，旁若无人"，大有六朝名士的派头。

史忠最广为人知的身份是画家。据周晖说，史忠喜欢画山水人物，花木竹石，"有云行水涌之趣，不可以笔墨畦径求之"，也就是说，他的笔墨是很有个性特点的。他还喜欢喝酒，边喝边画，酒喝得越多，兴致越高，画笔也越是放得开。有一次，史忠去苏州拜访当代著名画家沈周，他是心血来潮，兴冲冲就去了，并没有事先联系沈周，结果主人外出，他扑了个空。沈家仆人请他留下姓名，他说不必，就拈笔沾墨，在沈周画案上铺开素绢，画了一幅山水，也不署名，就走了。沈周回到家，一看这画的风格，苏州本地没有人能画得出来，就判断一定是金陵史痴翁来了。赶紧派人去找，果然在街上找到了，便请回沈家细叙。此后，史、沈二人成了好朋友，往来颇多，过后沈周去南京，大多住在史忠的"卧痴楼"里。史忠家境比较好，住得也宽敞，卧痴楼的条件想来不会差。

沈周《石田诗选》卷四有一首《赠史痴翁》，大概就是这次见面分手时写的。这诗不短，出现频率最高的字，第一是"痴"，第二是"酒"，在史忠身上，酒和痴这两点是密切联系在一起的。这也是史忠给沈周留下最深刻的印象。沈周说："我昔闻痴翁，已及三十年。不知翁为人，名痴胡其然？痴本性不慧，朦胧百不便。今年阊阓城，握手在市廛。"他早就听说史痴的大名，相见恨晚。沈周自谓平生落魄，如风似颠，"不知人所毁，亦不求人怜"，"我颠与翁痴，痴颠相比肩。约为老兄弟，逍遥觅彭筏"，一个痴，一个颠，恰似兄弟一般，自然与史忠特别投缘。对于酒与痴的关系，他理解得特别透彻："却杯不事饮，莫与痴为缘。我谓痴所发，必恃酒为权。无酒痴不成，痴酒不可偏。云痴岂假酒，假酒痴不全。我痴抱混沌，七窍莫我穿。若谓酒使我，良马亦俟鞭。"

跟《孟子》中的那个齐人一样，史忠也有一妻一妾，不过，他的日子过得挺滋润，比那个齐人强多了。其妻朱氏，号乐清道人，为人贤惠。其妾何氏，号白云道人，聪明伶俐，绘画、书法、音律，样样精通，夫唱妇随，甚是惬意。沈周《石田诗选》卷七《蜗壳为史廷直题》，写到了史忠的日常生活状态："不知小隐计如何，蛮触无争所乐多。身外乾坤等虚壳，窟中风月是行窝。长笺旧稿诗粘壁，痴笔新图墨满螺。想得盘旋似盘谷，白云春梦有仙婆。"史忠早已摆脱了身外的名利，而沉浸于自己的诗画艺术世界之中。诗中"白云春梦有仙婆"，指的是白云道人何氏，痴仙和仙婆，尽得人间优游盘旋之乐。

那时候，南京秦淮河边有一位名妓，名叫林奴儿，号秋香。她也许就是传说中的"唐伯虎点秋香"的原型，我在《山围故国》中曾经提到过。林奴儿曾向史廷直学习吟诗作画，她在这方面颇有悟性。从良后，有个旧日相好还要来纠缠，她就在扇面上画了一棵柳树，还题了一首七绝，表达了自己的态度："昔日章台舞细腰，任君攀折嫩枝条。从今写入丹青里，不许东风再动摇。"章台柳，常被用作妓女的代称。如今的柳，早已不再是昔日的章台柳，而是丹青画幅之中的柳。柳树这个意象的巧妙选用，配画诗的别致构思，都令人称叹。林奴儿不愧是史忠教出的好弟子。

史忠还有两段很传奇的故事。一段是嫁女的故事。女婿家比较穷，办不起酒席。他就跟女婿约好，元宵节那天晚上，预备一些酒菜，届时他带女儿过来，喝一顿酒，就算成亲。到了元宵那天傍晚，他对妻子和女儿说："元宵佳节，家家走桥，人人看灯，我们也出去看灯吧。"就带着妻女二人，到了女婿家，简单吃些酒菜，就算把女儿嫁出去了。在十五世纪的南京，这样的行为是惊世骇俗的。可见他蔑视礼教，敢于打破世俗成规。当然，史忠后来还是拿出许多自己的诗画，想办法补上了女儿的嫁妆。

另一段故事说的是他自编自导的葬礼。东晋诗人陶渊明曾写过一组《拟挽歌辞》，想象自己死后，躺在棺材里，被人抬到远郊埋葬，永远封闭在黑暗沉寂的坟墓之中。这组诗展示了陶渊明洒脱不俗的气质。史忠也是一个洒脱的人，他很想看看自家的葬礼是什么样子的。可是，他活到八十岁，依然身体健康，酒照喝，痴照旧，走起路来跟年轻人一样快。有一天，他自编自导了一场葬礼，让众多亲友都来送葬，他也混在送葬的亲友群中，一起把自己的灵柩送到了聚宝门外。回来之后，他对亲友们的表现很是满意。这样百无禁忌，固然是艺术家的气质，也是六朝文化的遗传。

天然石骨聚宝石

　　明代南京人玩"聚宝奇石"，亦即雨花石，颇有一些故事，真真假假，意味深永。现在就来说几段，都是明代南京人周晖《金陵琐事》中记到的。

　　明代南京城里，居住了不少回民。有一位应主簿，家藏一颗祖母绿，宝贝得很。有人出价五百两银子，他还不肯卖。某天，有一位姓索的回民上门求见，应主簿取出祖母绿给他看，索氏假装把玩，趁人不注意，一下子将其吞到了肚子中。应主簿大惊，想要跟他打官司，却苦于找不到人证和物证。那个时代既没有监控探头，也没有 X 光透视，应主簿束手无策，只能自认倒霉，吃了这个哑巴亏。据周晖说，这应主簿是他的老邻居，这事应当比较靠谱的。

　　祖母绿当然不是雨花石，这段故事权当一个话头，是要衬托索姓回民对于宝石的疯狂，不惜巧取豪夺，无所不为。对于雨花

079　　　　　　第二辑

石，他也是挺狂热的。有一回，他在人家屋檐下躲雨，碰巧看到主人家供佛的几案上，摆了一碗清水，水中养了一块奇石，就问主人卖不卖。主人随口答道："有价就卖。"第二天，索氏果然带上银子，上门收购来了。主人见他如此心急，料定奇货可居，不肯出手。索氏很耐心，不料，他每来一次，石主人就涨价一次，价格越抬越高。主人心想，这块石子养在水中，从来没有磨洗过，这人尚且肯出高价，若磨洗一新，岂不要卖个天价？几天后，索氏再次上门的时候，他所看到的石子，已经磨洗一过。索氏叫苦不迭！

原来，这是一块世间罕见的奇石。石上有十二个孔，代表十二个时辰。每到一个时辰，就有红色蜘蛛结网其上。到了下一时辰，前一时辰结的蜘蛛网自动消失，被后一时辰新结的蜘蛛网取代。拥有这么一块奇石，相当于拥有一个天然日晷，蛛网的生灭，给人带来奇妙的视觉感受，更是匪夷所思，真正是叹为观止。这样的无价珍宝，竟然被无知的主人毁于一旦。

且慢。这段故事太传奇了，传奇到近于志怪。石上为什么正好有十二孔？为什么蛛网正好可以指示时辰？十二孔的布置，难道不像钟表表面所刻的十二个刻度吗？这块聚宝奇石，很可能是一个变形的隐喻，它的原型不是别的，正是明代人传闻中的西洋舶来品，那奇妙无比的自鸣钟。写《客座赘语》的顾起元，也生活于南京城，他的年辈略早于周晖。他曾经提到利玛窦带来的自鸣钟："轮转上下，戛戛不停，应时击钟有声。"在周晖的故事里，自鸣钟变成了石磬，"应时击钟"的齿轮，也换成了蜘蛛结网。这是一段来自西方的"天方夜谭"，故事在传播过程中发生了很大变形，抹去了很多西来的痕迹，但从索姓回回的身份中，仍然可以追踪其异域的来源，从奇妙的蛛网效应中，也仍然可以想见人们的惊叹。

唐代传奇小说中，有很多慧眼识宝的故事，故事中的主人公，往往是胡人或者胡商，又有很多是来自波斯的。周晖在《金陵琐事》中说，"金陵多回回，善于识宝"。看来，这一传统源远流长。在中西文化交流中，回回历来担任了重要的角色。这块没有主名的奇石，未必实有其物，那个有姓无名的回回，未必实有其人，但聚宝奇石作为南京中西文化交流的载体，却可能是实实在在的，个中缘由，耐人寻味。

明代南京的土特产

土特产开始进入流通渠道，作为文化交流的媒介象征而引人注目，至迟在汉代已见诸记载。东汉太学设在河南洛阳，太学生却是来自全国各地的，每逢聚会的时候，太学生们常常是带了各自家乡的土特产，来相互交流。新、旧《唐书》中登录各地的土贡，其实就是以土特产进贡朝廷，用学究式的话语来讲，土特产其实是地方文化的符号，进贡表示地方向中央的臣服。了解土特产，也可以说就是从一个角度了解各地的文化。1986年，南京工学院出版社曾出过一种书，专门缕述中国各地的土特产，上下二册，我曾购置一套，以为从此以后，就可以"按图索骥"，"秀才不出门，能知天下物"了。

其实没那么简单。

所谓土特产，是会因时间的变化而变化的。旧的土特产消失了，新的土特产产生了，这就是历史，这就是一个地方文化的发展变迁史。

以南京为例。远的不说，就说明代。顾起元《客座赘语》卷一有一条，题为"珍物"，就是土特产的意思。其中列举了几样，大多数今天已难觅踪迹，不免使人平添沧桑之感。

先说姚坊门的枣子。姚坊门今天通称为尧化门，在栖霞区。据顾起元说，这枣子"长可二寸许，肤赤如血"，这么大，这么红，简直可以跟新疆枣子相比。我见过的最大的枣子——楼兰蜜枣，也不过这么大。姚坊门的枣子好在哪里呢？据说，这种枣子"实脆而松，堕地辄碎"，枣子脆到这个份上，真是闻所未闻，见所未见。又据说，这种枣子只有在吕家山为中心的方圆十余亩地才长得有，种到其他地方就不行。中国有一句老话说，橘逾淮则为枳，过了淮河，橘子就变成枳子，这强调的是地理环境对生物的重要影响。姚坊门的枣子，必须配合吕家山的水土，别的地方都不行。这样才能显示姚坊门枣子的稀罕、金贵。

顾起元提到的另一件珍物，是灵谷寺的樱桃，个儿特大，而且"色烂若红靺鞨，味甘美，小核，其形如勾鼻桃"。红靺鞨和勾鼻桃是怎么回事，我也说不清楚，但即此数句，已足以了解灵谷寺樱桃的不同凡响。今天南京人提到灵谷寺，除了寺庙、高塔、公墓、无梁殿，大概只有桂花，算得上是此地的特产。旧历八月，灵谷寺遍地桂花飘香，吸引了很多游客。至于灵谷寺的樱桃，则似乎没有见人提过。从民国时代起，以樱桃著称的，不是灵谷寺，而是玄武湖，尤其是其中遍植樱桃树的樱洲。当年灵谷寺的樱桃树，都到哪儿去了？

鸭脚子也是灵谷寺的特产之一。鸭脚子这个名称，一般人未必熟悉，说白了，就是银杏。银杏叶子的形状，极像鸭脚，故得此名。南京人爱吃鸭子，对鸭脚子也情有独钟。明代南京城有很多银杏树，长得高大，一副饱经沧桑的样子。祈泽寺和栖霞寺各有两株，树干很粗，相传都是六朝人种的。牛首山有一株，相传是唐代的懒融禅师种的，如果活到今天，算起来有一千多岁了。说到老树，总要跟历史和名人生些瓜葛。当然，这些传说未必靠得住，但可以从中看出本地人的历史情结浓得化不开。

直到今天，南京人仍对银杏树情有独钟。北京西路靠近南京大学那一段，有两排笔直的银杏树，一树树金黄的叶子，堪称深秋南京一景。吸引眼球不说，还不知"谋杀"了多少胶卷。可以肯定的是，在明代，北京西路这地方是没有银杏树的，连北京西路都还没有出现。那个时代，南京人念叨的是灵谷寺的银杏果子，特别糯，口感特别好，还有一种别样的甘甜，用火烤熟了，"色青碧如琉璃，香味冠绝"，真是又好看，又好吃。那时南京人还流行用银杏果子泡茶，色味俱佳。当然，这是明朝的时尚，今天早已不流行了。

息园载酒顾东桥

顾璘（1476—1545），字华玉，号东桥居士。"东桥"这两个字，可能与他营建的息园在淮清桥之东有关系。息园是顾璘的私家宅第，也是明代南京有名的园林。很多同时代文人笔下，都提到过这个名园。比如，与顾璘同为"金陵四家"之一的陈沂，在其《金陵世纪》中，即已明确记载息园"在淮清桥东北"。所以，我据此推测，"东桥"这个别号就是这么来的。

关于息园，顾璘本人的记叙不太多。虽然他的文集当中，有《息园诗文稿》，虽然他的《息园诗文稿》中，有一篇不长不短的《息园记》，但是，比起袁枚笔下对于随园连篇累牍的描述，可是简单、节制得多了。按照《息园记》的记叙，息园并不太大，"修竹后挺，嘉木前列，周除芳卉美草"，颇得自然之趣。园中没有假山，那是因为主人"一生爱好是天然"，认为假山"负物性而损天趣"，所以"绝意不为"。息园虽小，内涵却颇为丰富，里面有爱日亭、载酒亭、促膝轩，还有见远楼、顾贤堂。在十六世纪前半叶，这里是南京文人的社交中心。南来北往的客人，来此居停、唱酬、觞咏，进进出出，相当热闹。

在息园的建筑中，载酒亭大概是最有名的。"载酒亭"之名，相传是汉代大学者扬雄与人讨论古文奇字的所在，原在成都。顾璘本人曾写过一篇《载酒亭记》，自称"时有好事之宾，命驾载酒，款于息园，讨论古文奇字，辨义析疑，日乐其趣，殆且薄刍豢而鄙丝竹矣"，这样的行止，确实与扬雄有几分相似，故以"载酒亭"为名。此亭的匾额篆书，是赵孟頫门人俞和写的。俞和是桐江（今浙江桐庐）人，号紫芝樵者，字写得好，一时闻名，大才子解缙对他的书法颇为推重，顾起元也称赞他的篆书"端劲古朴，无俗态"。总之，有这样一个匾额，载酒亭便多了古雅之意。

话说俞和（1307—1382）是元末明初人，比顾璘早了一百多年，如何能为载酒亭题匾呢？原来，这三个字是现成的，有好事者到手之后，送给顾璘，正好适合做亭子之匾额。为了纪念载酒亭的诗文酒会，顾璘还请当时名家谢时臣画了一幅《载酒亭图卷》，"画亭中人，长者面几坐，耸身若谈，前坐者磬恭若请益状，几列觞缶，路下舣虚舟"。数十年之后，《客座赘语》的作者顾起元看到这幅画卷，想象前贤的诗酒风流，内心充满了感动。

息园的位置，邻近淮清桥，也就是说，既靠近淮清桥，又靠近清溪。据顾氏本人说，六朝时代，谢尚、江总两人就居住在这里。相隔差不多一千年，他竟然跟这两位六朝名士做了邻居，有一种特殊的文化亲近感。以息名园，意蕴丰富。"夫息之义，止也，生也。形贵止，神贵生。动而不止，形乃日败。静而不挠，神乃日生。一止一生，寿乃长久，然则息也者，宝形养神之道具是矣。"这是顾氏的夫子自道，按照这个解释，息园是以静求动，宝形养神，是符合养生辩证法的。顾氏有《怀息园》诗云："我非仲长统，乐志开家园。邻人助幽胜，陂池广无藩。鱼鸟以类聚，花木逐年繁。种梅亦结子，种竹亦生孙。居家每涉趣，近市复辞喧。煌煌都城侧，寂尔成丘樊。"大隐隐于朝，中隐隐于市。用今天的话说，这息园就是典型的"城市山林"。

顾璘在息园中，陪接、招待各地宾客。载酒亭就是主客尽欢的场所。王慎中曾来过这里，他的《题顾中丞载酒亭》诗云："寂寞千年后，今逢尚白人。官非十载滞，宅是一区贫。酒癖著书富，奇多问客频。空令好玄者，怀德不能邻。"好玄问奇，明显是以扬雄比拟顾璘。唐顺之也有《寄题顾东桥侍郎载酒亭》："后世还闻有子云，为耽寂寞卧江滨。门前即是寻山路，座上偏多载酒人。禄位已非执戟贱，文章真与太玄邻。欲比侯芭应自笑，不知何日望清尘。"这里面几乎每一句，都是以扬雄称美顾璘。

王慎中和唐顺之，这两人恰好是明代唐宋派的代表作家。这两位对顾璘的认识，正所谓英雄所见略同。退居南都的顾璘，有点清闲，有点寂寞，优游于息园之中，得消遣寂寞之道，享退隐清闲之福，终不致遭遇"子云识字终投阁"那样的悲惨结局。可惜的是，顾璘去世后不久，这园子就萧条了，数十年后，诗人皇甫汸面对息园，不禁感慨："华屋生年异，平泉死日荒。"

明代南京的水路交通

古时候，很多人进出南京，会选择水路。六朝南齐时代，谢朓出都去宣城任职，宋代王安石从开封往返南京，明代袁中道来南京，都是走水路。袁中道是从安徽方向来，顺长江东下。他从大胜关进了夹江，然后就到了上新河，再到江东门，从头到尾是水路。上新河是明初才开挖的运河，不久，就成为一个重要的码头，是人员和物流集散的中心，"市廛辐辏，商贾萃止，竹木油麻，蔽江而下，称沿江重镇"。袁中道到的时候，这里还是热闹的码头。从江东门，他还可以继续走水路，沿秦淮河的支流，往东就到了赛虹桥——明代人也有称为赛工桥、赛公桥，或者叫栅洪桥的。从赛虹桥出发，沿着城墙，可以逶迤向北，沿路看一看清凉山、石头城、定淮门等，当然，也可以一路往东，先到聚宝门，再到夫子庙。

袁中道选择的是后一条线路，仍是水路。他想先到南门，也就是当时的聚宝门看看。聚宝门就是现在的中华门。沿途两岸，时有人家，经过两座长桥，不久，他就停靠在聚宝门码头。从聚宝门向东望，就可以看见巍峨的大报恩寺塔，大名鼎鼎的琉璃宝塔金碧陆离。从这里上岸，可以步行至长干里，也可以再坐船往东，驶到武定桥，甚至到东水关。进了东水关，过了淮清桥，沿内秦淮河向西南，便是文德桥、来燕桥，最后可以抵达朱雀桥，又回到聚宝门。这三座桥都很有名。朱雀桥不必说了，文德桥北岸是贡院与文庙，南岸则是钞库街，临河是一排排大大小小的河房。秦淮八艳中的李香君，就住在来燕桥南岸的媚香楼，只不过那是几十年以后的事。在袁中道那时候，那个河房叫什么名字，属于哪个主人，我们都不知道。袁中道在这一段水路上，来来往往，走过很多次，看惯了河房和河房里的翠袖云鬟，也就"宠辱不惊"了。

淮清桥坐落在秦淮河与青溪的交汇处。从淮清桥走水路，循青溪，经过竺桥等几座桥，就可以到达珍珠桥。那一年，袁中道就是从这里登岸，步行上鸡鸣山的。其实，这条线路也可以有另一种走法。比如先沿内秦淮河到水西门，从水西门的西水关附近，沿乌龙潭、干河沿一线，顺着今天的广州路、珠江路向东，到了进香河，再向北行驶，就可以上鸡鸣寺拜庙上香了。那时，广州路一带水路通畅，还没有变成后来的干河沿。有一次，袁中道到北门桥附近去拜谒家住在那里的焦竑，又到珍珠桥去晤会凌濛初，走的都是水路。

　　水路也可以远行。假设从聚宝门出发，可以经过清凉山、石头城、狮子山，入长江。当然，悠闲一些的话，中途可以停歇一站，比如停靠石头城，下来登山临水，盘桓一阵，或者在草鞋夹过夜，第二天再接着游弘济寺、燕子矶，或者从燕子矶前往栖霞山，借住寺中一两天，仔细看看千佛岩的石刻，再上路不迟。当然，从这里再扬帆远行，离开南京，也是方便的。

　　那时南京城里水路四通八达，比今天好得多了。很多寺庙园林中都有山有水，比如碧峰寺，寺中有园，园中有竹，竹外有水，水上有桥。不必荡桨，漫步在这样的小桥之上，就能体会到别致的江南水韵。

袁中道的秦淮诗会

　　万历三十七年（1609）秋天，刚刚 40 岁的湖北公安人袁中道第二次来到南京。他虽然没有官职，也没有功名，连进士都不是，却已有不小的名声。与他早已成名的大哥袁宗道、二哥袁宏道相比，袁中道一点也不逊色。在后来的文学史上，袁家三兄弟被并称为"公安三袁"，是晚明著名的文学流派"公安派"的代表。袁中道自身的才华与性情，在晚明文坛上熠熠生辉。

　　那时的南京，是大明帝国的南都。这次东游，袁中道寻访了南都各处名胜，从大报恩寺、天界寺、鸡鸣寺、静海寺，到石头城、牛首山、燕子矶、栖霞山，处处留下了他的足迹。他也拜会了一些名人，结交了不少好友。住在北门桥附近的状元焦竑，那是科举考场名副其实的英雄，袁中道屡次科场失意，当然要拜访一下，哪怕沾点状元的运气也好。浙江湖州人凌濛初，后来以编撰《初刻拍案惊奇》和《二刻拍案惊奇》而闻名于文学史，当时正住在珍珠桥附近，中道也去拜访他。晚明另一个文学派别"竟陵派"的主要代表钟惺，是袁中道的湖北老乡，这时正在南京游学。中道跟钟惺等人往来，相处得都不错。

　　不过，要说袁中道玩得最多、最 high 的，还是在夫子庙秦淮河一带。水阁画舫，桨声灯影，留下醉人的记忆。他曾经泛舟于秦淮河上，穿过文德桥和其他多座河桥，但见"两岸画阁朱楼，流丹腾绿，姹草植于楹楣，文石罗于几席。翠袖凌波，云鬟照水，青雀之舫，霞腾鸟逝"，令人遐思绮想。更多的时候，他都是参加朋友的聚会，偶尔玩得热闹，时间太晚了，就在画舫里歇息。有时候，甚至是一场聚会接着另一场聚会，夜以继日。有一次，友人吴伯鳞设宴于水阁（亦即通常所谓"河房"），结束了刚要回去，走到文德桥，看到桥下恰好有一艘画船经过，船中有人高声呼喊，原来是老朋友，于是"二次会"重新开始。这画船晃晃荡荡，到了一个画阁之前，阁中传出宛转玲珑的歌声，灯火隐隐可见，原来是另一个朋友正在夜饮，意兴正酣，不免又拉袁中道等人登阁，一起饮酒听曲，长宵乐未央。这番景象，这种生活，于袁中道的性情正合，他乐得如此流连忘返。

　　终日饮酒听曲，毕竟风流有余，雅韵不足，于是，袁中道在秦淮水阁组织了诗会，以《赋得月映清淮流》为题，作五言六韵律诗。"月映清淮流"这个诗题，出自南朝何逊的诗《胡兴安夜别》："居人行转轼，客子暂维舟。念此一筵笑，分为两地愁。

露湿寒塘草，月映清淮流。方抱新离恨，独守故园秋。"何逊这首诗，本来就是以南京秦淮河为背景，"月映清淮流"又是诗中名句，脍炙人口，用此句作诗会的题目，在地理上是应景的。以前人的诗句赋得作诗，是南朝诗人常有的活动，袁中道采取这种方式组织诗会，也有赓续六朝风雅的意思。

受邀参加这次诗会的，据周晖《续金陵琐事》记载，多达三十九人，不在现场而参加唱和的也有三十多人。后来，这些诗作编成一册刻印出版，名为《秦淮社草集》。据说，当时的压卷之诗，有佳句云"不随云影驶，翻共水痕高"，遗貌取神，颇有神韵。还有一首诗有这样两句："似璧嗟难售，如珠惜浪遗。"结果引起社友打趣、起哄，都嫌这两句一心要自我推销，"卖"的意味太过浓厚："好好的秦淮明月，要当作玉璧来卖，要当作宝珠来拾，买卖之心太重了！"其实，这两句感慨怀才不遇、明珠暗投，正好说出了周晖、袁中道等科举不得志者的心声，至少是不空泛的。

普德寺与先贤祠

　　金陵梵刹甚多，有好事者集梵刹之名作对联，上联是"天界能仁，高座碧峰谈普德"，下联是"地藏善世，半边浅水现莲花"。上联是五座寺庙名：天界、能仁、高座、碧峰、普德，下联是五座桥名：地藏、善世、半边、浅水、莲花，以寺对桥，以山对水，颇为别致。不过，在清代的一位本地学者甘熙看来，这副对联虽然是五座寺对五座桥，终究有点不大圆满。于是，他干脆另起炉灶，重新作了一副对联："普德慧光，静海德恩参卧佛；洞神灵应，从霄神乐会朝天。"上联是五座佛寺，下联是五座道观，这就显得工整多了。

　　这两副对联都讲到普德寺，在上一副对联中，普德寺叨陪末座，在下一副对联中，普德寺则名列前茅，可见普德寺颇能吸引清人的眼球，这也在一定程度上说明了普德寺在金陵佛寺中的知名度，也突显了它不同一般的地位。

普德寺旧影（1944年）

普德寺在聚宝门即今中华门外，建于明代正统年间，据说是当时一个姓刘的太监修的。当年，中华门外寺庙颇多，北边离城市很近，南边距山林不远，位置上得天独厚。其中比较有名并且与普德寺邻近的，就有天界寺、碧峰寺、报恩寺，皆以风景优美、环境清幽著称。普德寺后山尤其幽静，树木苍翠，松林深茂，与南边的雨花胜景相映生辉。明代文人雅士喜欢到这里游玩，南京夏天酷热，这里更是避暑消夏的好去处。晚明时代，诗人徐𤊹和曹学佺等人就曾到此避暑。徐𤊹有一首《同能始宿普德寺禅堂》诗，就是写他与曹学佺在此避暑的感觉："避暑寻幽不觉深，清凉偏选古禅林。寺前寺后松流翠，山北山南竹覆阴。残日渐催群鸟下，晚风轻送一蝉吟。随缘借得云房榻，夜午同闻石磬音。"秋高气爽，登高赋诗，这里也不乏诗材，明人皇甫汸有一首诗题咏《普德寺》："古寺城南访六朝，高台一望几萧条。门前黄叶催年暮，林外青山觉路遥。塔影常圆沙苑月，钟声静带楚江潮。老僧宴坐耽禅定，送客何曾过虎桥。"从这些诗中，不难想象普德寺周边的自然环境和当年的人文环境。

直到清代初年，这里仍多文人学士的足迹。诗人施闰章曾登临普德寺后山，眼中所见，仍是一派清幽之境，清凉的空气，让人澄怀静虑："巍刹象天阙，浮屠亏日影。石城何逶迤，江流逝方永。虚无指鹭洲，烟霭失渔艇。朔风万里来，亭午衣裳冷。达生齐彭殇，遁迹企箕颖。城郭百万家，攘攘几人静。"施闰章到普德寺后山，很可能是为了晋谒那里的先贤祠。最初，南京的先贤祠建在夫子庙旁边，府学以东、青溪之上。万历三十五年（1607），本地大学者焦竑向大学士叶向高、李廷机建议，最后由祠祭郎葛寅亮具体负责，将先贤祠迁到普德寺后山。这是明代普德寺兴建的一大工程。另一次兴建，则是由担任南京国子监祭酒的宣州人汤宾尹主持募捐，对普德寺的禅堂和浴堂进行了重修。

雨花台西北方向有普德村，村以寺名。岁月荏苒，物是人非。今天，普德寺虽然还在，但今非昔比，从残存的一些建筑中，也难以想象昔日的峥嵘。南京出版社最近出版的《老照片·南京旧影》中，还有一张普德寺的旧照，依稀可见当年的样貌。至于普德寺后山的先贤祠，早已无迹可寻了。

　　潮打石城

顾起元放眼看世界

南京人惯常被呼作"南京大萝卜",好像质木无文,不是能得风气之先的人。久而久之,南京人也以"大萝卜"自嘲,本地餐馆中有一道名菜,干脆就叫"南京大萝卜",散发着浓郁的乡土气息。其实,放眼历史,南京人当中,颇有一些很早就开眼看世界的先达。若要举明代的郑和为例,怕有人会说,郑和的籍贯是云南昆明,不能算正宗的南京人,尽管南京至今还有郑和墓、郑和公园,留下不少郑和遗迹。近代的魏源,曾久住清凉山下乌龙潭边小卷阿,并在这里完成了他的名著《海国图志》,眼下到龙蟠里,还能找得到他的故居,虽然已非昔日旧貌。可惜魏源的原籍是湖南邵阳,也不够正宗。

不如举顾起元(1565—1628)为例。他是利玛窦(Matteo Ricci,1552—1610)的同时代人,很有可能还见过利氏本人。《客座赘语》卷六称利玛窦是西洋欧逻巴国人,这当然不够准确,但在那个时代有这样的知识的人，可以说是凤毛麟角了。据顾起元描述，利玛窦"面皙，虬须，深目，而睛黄如猫"，对照画像，这描述是比较靠谱的。如果不是亲眼所见，也应当是闻自亲眼所见者，否则，不可能说得这么详细、具体。顾起元称利氏"通中国语"，初到南京时，住在正阳门（今光华门）西营中，以利玛窦的汉语水平，是能够跟当时的南京人接触交流的。

利玛窦很可能是顾起元、也是当时大多数南京人所看到的第一个西洋人。利氏的到来，至少给顾起元带来了几项新鲜的知识，也带来了思想的刺激。

首先，是利玛窦所信奉的天主教。"天主者，制匠天地万物者也。所画天主，乃一小儿，一妇人抱之，曰天母。"上帝、耶稣基督和圣母玛利亚之间究竟是什么关系，也许顾起元没有弄清楚，但他至少是看过天主教画像的。

其次，是西洋绘画之术。"画以铜板为幀，而涂五彩于上，其貌如生。身与臂手俨然隐起幀上，脸之凹凸处，正视与生人不殊。"这种在中国人眼中看起来相当另类的画，顾起元称之为"凹凸画"，所谓"凹凸"，与光线阴阳向背有关，顾起元做了解释。他还联想起《建康实录》中关于南京一乘寺门遍画凹凸花的记载，据说出于南朝名家张僧繇之手，一乘寺因而得名"凹凸寺"，可见西方凹凸画法早已传入中国，由来已久。在这一方面，南京得风气之先。

再次，是西洋的纸和书。据顾起元称，利氏带来了很多西洋所印的书册。书的用纸，很像当时的云南绵纸，正反两面印，字皆旁行，书上画的人物屋宇，线条极细，"其书装钉如中国宋折式，外以漆革周护之"。他还详细描述了书的函套的模样，看样子，他是见过原书的。这也算早期中西书籍交流的一段史话吧。

　　最后，是利玛窦带来的以自鸣钟为代表的西洋器具。在顾起元之类的明代中国士人眼中，这些是很神奇的东西。能制造出这类奇巧之物，当然与利氏精于西洋的天文和算法分不开。顾起元对这一点的评价，也是相当正面的。不久之后，利氏之徒罗儒望也来到南京，但"其人慧黠不如利玛窦"，在顾起元看来，便等而下之了。

　　从顾起元的行文语气来看，明末南都士人对初来乍到的西洋人，并没有惊诧莫名，更没有斥为洪水猛兽。他们那种好奇的眼光，特别是那种沉静的态度，难得而可贵。

庄定山的"乾坤"

现在的南京浦口区，包含了旧的浦口区与江浦县。江浦建县始于明洪武九年（1376），到明成化二年（1466），也不过90年的时间。这里特别提出成化二年，是因为那一年江浦县出了一个进士，那就是成弘年间的著名理学家庄昶。

庄昶（1437—1499），字孔旸，亦作孔阳，号木斋，进士及第后，他顺利当上了翰林检讨，却因为不愿献诗作赋粉饰太平，被贬为桂阳州判官，后来，改任南京行人司副。又因为奔丧而离职，长期隐居在家乡江浦定山，当时的学者称他为"定山先生"。他在隐居的地方修筑了一个"活水亭"，所以，他晚年又号"活水翁"。弘治（1488—1505）年间，他又被起用为南京吏部郎中，不久罢归，病卒，葬于今浦口区顶山镇定山寺后山东侧。作为乡贤，庄昶在家乡早著声誉；作为王阳明心学的先驱，他在当时的思想界也颇有影响，但是，直到明末天启年间，朝廷才追谥其为

"文节"，显然，官方的正式认可来得晚了一些。

庄昶既是理学家，也是诗人。他晚年自号"活水翁"，"活水"二字来自朱熹《观书有感》中的名句"为有源头活水来"，可见他的理学思想渊源。很多人说他的诗是《击壤集》体，意思是说他的诗学北宋理学家邵雍。邵雍字尧夫，他的诗集题为《伊川击壤集》，喜欢在诗中讲哲理，语言比较通俗平易。庄昶对自己诗学《伊川击壤集》这一点并不讳言。他有一首《与王汝昌魏仲瞻雨夜小酌》诗，其中有这样两句："赠我一壶陶靖节，还他两首邵尧夫。"这里陶靖节是酒的代名词，而邵尧夫（即邵雍）干脆成了诗歌的代称。这当然是庄昶的偏私之见。当时就有好事者杜撰"赠我两包陈福建（指茶叶），还他一匹好南京（指云锦）"这样的诗句，存心要出他的洋相。更有怒不可遏者，直接骂他是"下劣诗魔"，若沾上这个诗魔，就好比中了"化功大法"，任你前世积累了多少诗力，也立刻武功尽失。

平心而论，庄昶的诗也有写得不错的，特别是在写景方面。但总体来说，他爱发议论，爱作道学语，还特别爱用"乾坤"二字，以显示理学家的宏大气象。在庄昶的诗文中，"乾坤"与"太极"等词一样，都是大道的象征。"万古乾坤万古心""太古乾坤太古音"之类的句子，不绝于目，辽阔的空间，遥远的时间，都靠大道一以贯之。"太极圈儿大，先生帽子高。"说实在的，庄先生的"乾坤"比他的太极圈子还要大，比他的高帽子还要高。

庄昶诗对于"乾坤"的迷执，明代人就已经注意到了。明人蒋一葵在其《尧山堂外纪》中说："陈公甫作诗，多用'日月'，庄孔阳多用'乾坤'。有嘲者曰：'公甫朝朝吟日月，庄生日日弄乾坤。'"陈公甫就是当时与庄昶齐名的另一位理学家、广东新会人陈献章，他也是庄昶的好朋友。"日月"与"乾坤"，一个天，一个地，殊途同归，异曲同调，陈献章和庄昶真是难兄难弟，连毛病都一样。

庄昶现存《定山集》十卷，编入《四库全书》，前五卷为诗歌，后五卷为文章。我检索了一下，前五卷出现"乾坤"一词计165次，而后五卷只出现10次。可见，"乾坤"一词在他诗歌中出现的频率，确实是非常高的。这一点，给他的同时代人留下了深刻的印象。万历十年（1582），时任南京吏部尚书的杨巍经过庄昶故居，有意仿效定山体作诗一首："此老平生铁作肠，诗篇每带梅花香。若知出处惟渔父，自信粗豪过楚狂。江海高风元滚滚，乾坤正气尚堂堂。至今人道坟头上，松柏常时有雪霜。"除了"梅花香"，"乾坤气"就是"定山体"最显著的标志了。据说，这块诗碑至今仍完好无损地立于墓前。

无独有偶。另外两位明代人所作的谒墓诗，也不约而同地用到"乾坤"。一位是张璧《谒定山墓》："晓傍流云问锡泉，苍茫霜树翠微巅。偶寻朋旧烟霞会，似结平生水石缘。日月浮沉惊过客，乾坤俯仰愧高贤。定山景象真殊绝，愿借悬崖障百川。"另一位是吴性《谒定山墓》："入寺先寻卓锡泉，振衣直上定峰巅。喜看病骨今逾健，似与山灵旧有缘。终古乾坤留胜概，东南文献仰高贤。欲乘清景归江晚，风静秋声月满川。"杜甫有诗云："江汉思归客，乾坤一腐儒。"这两句诗，很好地概括了后半生大多时候隐居江浦的庄昶的生活。

经常听到有人以"城市山林"来形容南京的自然环境。我偶然注意到，《定山集》卷四有一首诗，题目就是《城市山林》："青山何赖点红尘，此语无稽更觉新。夫子不须频说梦，老生元本是痴人。何谁不信鱼非我，道眼分明俗是真。我亦有家城郭里，闭门长坐定山春。"这也是一首很典型的"定山体"诗。严格地说，庄昶所谓"城市山林"，说的是他的家乡定山，不过，若推而广之，以此四字移评南京这座城市，我以为，也是恰当的。这也许是"城市山林"最早的出处，也算是这位理学家在南京留下的一个文化印记吧。

爱住金陵的福建人

永乐十九年（1421）正月，明成祖朱棣迁都北平，北平顺天府改称京师，而金陵应天府改称南京。南京由首都变为留都，或称南都，虽然南都仍设六部等中央机构，称南京某部，但南京在明代政治史上的地位却一日不如一日。如果就文化史来看，恐怕还不能这么说。十五世纪以后，直到明末，南京依旧是东南文化的中心，近到扬州、苏州，远到福建、江西、两湖，南方各地的许多学者文人，都喜欢到这里来，向这座文化"故都"表示礼敬。

晚明时代，流寓南京的外地人物尤其是外省人物中，来自各地的都有，但是，无论以人数论，还是以其文化知名度论，闽籍人士都是最为突出的一部分。略举其名，则有闽县人徐𤊹、曹学佺，福清人叶向高、林古度，长乐人谢肇淛，编撰《南北朝新语》的漳浦人林茂桂，撰写《板桥杂记》的莆田人余怀，撰有

《金陵览古》的余怀之子余鸿客（宾硕），还有晋江人黄居中、黄虞稷父子。这些人在南京相与往来，结诗社，彼此唱和，例如，徐𤊹与曹学佺、林古度等人交游颇为密切，唱和之作不少。不少作品吟咏南京名胜，在没有摄影的时代，这些诗为南京胜迹留下了宝贵的历史记录，提供了难得的文字影像。鹫峰寺、雨花台木末亭、燕子矶、弘济寺、栖霞寺、灵谷寺、朝天宫、清凉山一拂郑先生祠……都留下了他们的屐痕。当他们来到一拂先生祠，应该感到格外亲切，因为一拂先生是福建福清人。一拂先生名叫郑侠，字介夫。他刚直不阿，因反对新法，拂袖去官。据说郑侠少年时代就随父亲到南京，读书于清凉山下，后人建祠于此，作为对他的永久纪念。"金陵四十八景"中有一景，名为"嘉善闻经"，早已不存。而林古度有《嘉善寺》诗云："古寺壑中好，到来真是禅。松声流夜雨，草色积春烟。钟仆无鸣日，碑残不记年。却因荒寂意，与客更留连。"可见在明末的时候，嘉善寺已经相当荒寂。

除了结社论文谈诗，这些流寓人士还积极从事其他文化活动。他们大多数无权无势，即使像叶向高那样，任职南京国子监司业、南京礼部右侍郎；或者像曹学佺那样，任职南京大理寺左寺正、南京户部郎中，都大抵是个闲职，企图靠这个弄权，或者在这里发财，是没有指望的。但是，在倡导斯文、引领风雅方面，南京却是个好地方。这些流寓人士也当仁不让，相当活跃。

竟陵派的代表人物、著名作家钟惺的著作《隐秀轩集》，就是由林古度在南京刻印的。该书序言中标明："林茂之，贫士也，好其书，刻之白门。"林古度字茂之，寒士出身，并不富裕。富人捐钱刻书，已然可嘉，贫士而为人刻书，就更难能可贵了。

当然，他们也跟本地文人学者交往，比如，向本地学者、状元出身、博学多闻的焦弱侯借阅唐代诗人沈亚之文集，借阅赵明诚《金石录》。为了纪念在南京的日子，曹学佺将自己的一个文集命名为《金陵集》。他们也在这里见到了来华耶稣会传教士利玛窦，这个"西儒""大西洋人"给叶向高、曹学佺等人留下了深刻的印象。曹学佺有诗赠之曰："异国不分天，无人到更先。应从何念起，信有夙缘牵。骨相存夷故，声音识汉便。已忘回首处，早断向来船。"利玛窦是纯粹老外，到中国没有多久，就能操一口汉语，不简单。令人不解的是，今日所见曹集中，利玛窦的名字都被刻成"利玛瑙"。是不是因为"利玛窦"名字比较奇怪，有人不知其义，以致擅加改动呢？

另一方面，由于种种原因，这些闽籍人士又经常往来于福建与南京之间，成为沟通两地文化的媒介人物。就这一点来说，曹学佺比较突出。当然，其中也有一些人从此爱上南京，并在南京定居。原籍莆田的余怀父子，对南京情有独钟，睹其一花一草，历其名迹胜境，常常情不自禁，形于咏叹歌吟。最后，父子俩人都定居于南京，余怀经常自称"江宁余怀"，可见他的认同。著名藏书家、千顷斋主人黄虞稷，也因为其父黄居中任职南京国子监丞，而全家徙居南京。

"爱住金陵为六朝"，说这话的是盛清时代的历史学家兼诗人赵翼，他说的是被人称为"袁太史"的诗人袁枚。袁枚是钱塘（杭州）人，却长住金陵，为的是金陵城中的六朝古意。历史与诗意，在说者与被说者的身份和形象中，早已融为一体。晚清名臣林则徐在《题杨雪椒（庆琛）金陵策蹇图》中也说过："官爱江南为六朝。"值得一提的是，林则徐也是福建人。我以为，赵翼和林则徐的话，说出了明代闽人爱住金陵的深层原因。为六朝鼓吹、正名，起于晚明时代的江南，尤其是晚明时代的南京。这股文化思潮的兴起和鼓扇，客居南京的闽籍人士，也是出了力的。

第三辑

张怡恶搞腔调

　　明清之际，南京出了一位名士，叫张怡。他的名字并非家喻户晓。他的为人所知，多半是因为《桃花扇》中写到了他。张怡字瑶星，据说，《桃花扇》中那位著名道士张瑶星，就是以他为原型的。明亡以后，张怡隐居于栖霞山白云观，著书自娱，一直活到了康熙时代。他自称"白云道者"，别人则称其为"白云先生"。只看《桃花扇》的人，未必对张瑶星的文才有多少认识。实际上，张怡是当时一位著名的作家，诗文兼擅，而且有自己的一套文学见解。他身后出版的著作有《玉光剑气集》，书中论文谈诗，内容相当丰富。

　　据说，做人要有腔调，作诗也要有。说到诗的腔调，用词是很重要的指标。明代中期，文坛上出现了一个影响很大的流派，称为"前后七子"。这些人标榜复古，提出的口号是"文必秦汉，诗必盛唐"。怎样才能做到"文必秦汉，诗必盛唐"呢？就是要学习秦汉文章和盛唐诗歌的腔调。在他们看来，盛唐诗歌的典范是杜甫，而杜甫诗歌的主要特点和亮点之一，就是气象宏阔，比如《登高》一诗的中间两联是："无边落木萧萧下，不尽长江滚滚来。万里悲秋常作客，百年多病独登台。"形容词中的"无边""不尽"，名词中的"长江""万里""百年"，都是时空视野相当宏阔的"大词"。据他们总结，这就是杜诗写作的套路，于是群起而效之，竟然成为一时之风气。"后七子"中的李攀龙，就是这一风气的代表人物。

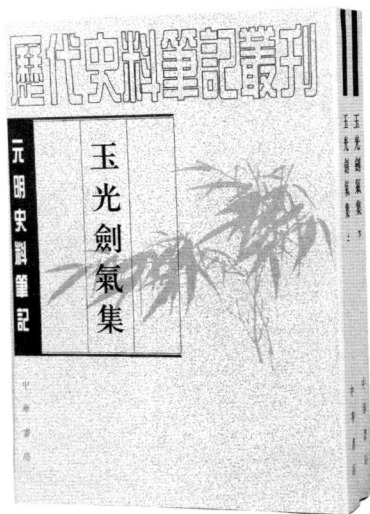

张怡《玉光剑气集》书影

　第三辑

有人看不惯这一风气，就出来吐槽。张怡《玉光剑气集》卷二十三《诗话》记载这样一件事："方历下盛名时，有海陵生借其语为漫兴戏之曰：'万里江湖迥，浮云处处新。论诗悲落日，把酒叹风尘。秋色眼前满，中原望里新。乾坤吾辈在，白雪误斯人。'"所谓"历下"，指的就是李攀龙，他是山东济南（古称"历下"）人，也是"后七子"的领袖人物。旧时的诗话中，有时也用"历下"泛指"后七子"，就是这个原因。所谓"海陵"，即今天江苏泰州，这个"海陵生"姓甚名谁，不清楚，看情形是个无名后生，用现在的话说，是个喜欢恶搞的文艺青年。他造作出这么一首诗，把李攀龙的习用词语高度集中，镶嵌于每句中，便极端放大了李诗的语言特点。每一句，至少都有一个李氏常用词，处处显出所谓"历下"腔调。

不妨据这首诗"按图索骥"，比对一下李攀龙的《沧溟集》，便知海陵生有的放矢，而且挺准。

我从诗中选了九个词，作为指标。基本上，这就是所谓"大词"，用得好，气象开阔，用得不好，便觉陈旧虚廓，分寸拿捏是关键。下面标注这些词语在《沧溟集》中出现的次数，第一个数字是在全书中出现的总次数，第二个数字表示其在某一卷出现的最高次数。

一、万里：98 次，卷 8：21 次；

二、江湖：49 次，卷 7：11 次；

三、浮云：106次，卷3：25次；

四、落日：52次，卷6：12次；

五、风尘：126次，卷8：37次；

六、秋色：80次，卷8：15次；

七、中原：104次，卷8：18次；

八、乾坤：6次，卷6：3次；

九、白雪：73次，卷7：9次。

这个数字，是根据电子数据库检索得出来的，也许不那么精确，但足够说明问题了。除了表明我和海陵生一样好事之外，也许还可以说明，当年早有人悄悄作过类似的统计，只是没有声张而已。排第一位的是"风尘"，"江湖"可以跟它配套。排第二位的是"浮云"，肯定有"神马"藏于幕后。稍微让我感到意外的是，"乾坤"一词出现的频率，竟是个位数，并不多。捉贼捉赃，这个赃，说服力差一些。

海陵生是南方人，记这事的张怡是南京人。至少从明代中后期开始，南北方的文人与文风之间，越来越有一些距离。以南京和苏州为代表的南方，与以北京为代表的北方，无论是地理，还是心理，彼此都有些疏远。明里暗里，双方还会有一些交锋，这只是个小小的例子。这个故事表面上的主角是海陵生，实际上的主角可以说是张怡，至少，张怡的态度是不言而喻的。

这次交锋的焦点是腔调。没有腔调，便不成个性；没有个性，便吸引不了粉丝；不多圈粉，就缺少了追随者，难成声势。不过，腔调太重了，就显得做作；做作多了，毛病就越来越明显。无论做人，还是作诗，道理是一样的。

秦状元窃碑

乾隆十七年（1752），南京人秦大士（字涧泉）中了状元，此后，他在本地就拥有"秦状元"的称号。他的住处，也就成了南京的一个地标，今天长乐路上有一条秦状元巷，本地人提起来还眉飞色舞的，仿佛这份往日的骄傲逝去未久。有时候，名声这东西就像老酒，越摆越陈，越陈越有味，越好使。

关于秦状元的轶事，南京人最津津乐道的是他的捷才，其次是他善于自嘲的机智。据说，有一次他来到岳飞墓前，看到长跪的秦桧夫妇像，同伴不免拿他的姓氏开涮，他的对策是当下题写一副对联：

> 人从宋后羞名桧，
>
> 我到坟前愧姓秦。

这反应称得上机敏。秦状元跟秦桧有没有关系，不太容易说清。前几年江宁那边挖了个墓，似乎证明他跟秦桧的血缘不远。即便是一脉相承，隔几百年了，秦桧欠下的那笔旧账，也不能算到秦大士身上。

做人贵在坦荡，我看这副对联的妙处就是坦荡，有一说一。据说是秦桧害死了岳飞，既然大家都这样认为，都这么义愤填膺，作为一个姓秦的，表示一下羞愧，那是必须的，何况只要在文字上有一个表示，就足够了。这么一来，秦状元非但没有丢份儿，而且加分了。

现在要说的是秦状元另一件轶事，虽然也有那么一些"坦荡"，但却并不怎么高明。这件轶事见载于《随园诗话》卷六：

> 卢抱经学士有《张迁碑》，拓手甚工。其同年秦涧泉爱而乞之，卢不与。一日，乘卢外出，入其书舍，攫至袖中。卢知之，追至半途，仍篡取还。未半月，秦暴亡。卢往奠毕，忽袖中出此碑，哭曰："早知君将永诀，我当时何苦如许吝耶？今耿耿于心，特来补过。"取帖出，向灵前焚之。予感其风义，为作诗云："一纸碑文赠故交，胜他十万纸钱烧。延陵挂剑徐君墓，似此高风久寂寥。"

《张迁碑》是汉隶名作，名气很大，虽然近年有人怀疑其非汉代原刻。卢抱经学士就是卢文弨，杭州人，他跟秦状元是同年，乾隆十七年那一科，卢文弨虽然惜败于秦大士，但也考得一甲第三名，也就是所谓探花，委实不简单。后来，卢文弨成为乾嘉时代的著名学者，在学界的名气比秦大士还大。要学好书法，需要好碑帖。那个时代，碑帖难得，像《张迁碑》这样的名碑更是难得，至于名手所拓的版本，那就太稀罕了。所以，这件事不能怪卢文弨小气，要怪也得怪秦状元过于自私。夺人所爱，君子不为，何况用这样堂而皇之、公然入室行窃的做法？袁枚讲述这段轶事，有一个细节很耐人寻味：秦状元生前"攫至袖中"，在其去世后卢氏"袖中出此碑"，若有好事者据此敷衍出一本杂剧，以"袖中缘"为题，那就正好了。

除了《随园诗话》，这件事未见别的文献记载，是真是假，

张迁碑拓片

还真不太好说。我的感觉，故事情节太具有戏剧性了，恐怕免不了掺入诗人袁枚的加工发挥。《诗话》中提到挂剑空垄的典故，说的是春秋时的一段雅事，徐君心中十分喜爱季札的佩剑，却不好意思说出口，真是谦谦君子；季札虽然嘴上没说出来，可是早已看透徐君的心事，决定出使归来，再将此剑赠予徐君。他万万没有想到，等他归来之时，徐君已经离开人世。于是，季札将剑悬挂于徐君坟墓之前，实现了自己的诺言，以另外一种方式，展现了君子的风度。历史好像早就准备好季札与徐君的这个先例，让他们给卢文弨和秦大士作一个榜样。用学术的词语来说，这是现实重复历史的又一个例子。不过，春秋尚矣，礼坏乐崩两千年，在乾隆时代还能出现卢文弨和秦大士这样一段佳话，足以令人兴叹。

此事既关乎南京的秦状元，又与我特别关注的《张迁碑》有关，偶然看到了，随手就拈出来说说，聊以发思古之幽情。

吴敬梓和袁枚

　　吴敬梓（1701—1754）和袁枚（1716—1798）是十八世纪的两位文学名人。虽然吴敬梓比袁枚年长 15 岁，但粗略算来，两位仍可以说是同时代人。从十八世纪三十年代开始，吴敬梓从安徽全椒迁居南京，在这里生活了二十余年，而袁枚解组归田、买下随园并定居于此，则是从乾隆十三年（1748）开始的。也就是说，从乾隆十三年到十九年，至少有六年时间，两人都住在南京，应该是彼此相闻的。

　　这两位文学名人在南京的生活轨迹有没有交集，我对这个问题很感兴趣。其实，这个问题早有人做过考证。翻遍两人的作品集，没有看到涉及对方的记述。袁枚住在随园，位于南京城西，吴敬梓住在淮清桥侧，位于南京城南，偏东，就今天来说，这距离不远，就当时来说，这距离不近。吴敬梓到清凉山游山，必然路过随园，而袁枚也到过夫子庙。按说，南京城就这么大，文人圈子就这么些人，考证下来，两人还有共同的朋友，不容不相知闻。于是，有人不甘心，设法迂回进入，指望曲径通幽。他们把袁枚《随园食单》与《儒林外史》作了对比，发现两人提到某些共同的佳肴，恐怕并非偶然。学者严中甚至提出，《儒林外史》第四十一回写到的江宁知县，就是以袁枚为原型的。还有人进而推测，吴、袁二人可能有矛盾，彼此看不上。所以不提对方的名字。不过，这些说法一时都难以坐实。

《儒林外史》第三十三回写到一个姚园，坐落在清凉山下："这姚园是个极大的园子，进去一座篱门。篱门内是鹅卵石砌成的路，一路朱红栏杆，两边绿柳掩映。"按天目山樵也就是张文虎的说法，这个园林实际上是在影射随园。从位置来看，可以说是大差不离，若较真地看所描写的景物，则不见得与随园样样符合。不过，张文虎很坚持这种说法，其说见《儒林外史评》卷下第三十三回评："此即后来随园也。园亦不甚大，而称极大，盖借景于园外。简斋（袁枚）固已自言之。然《诗话》中又冒称即《红楼梦》之大观园，则又严贡生、匡超人、牛浦郎辈笔意也。"张文虎是江苏南汇（今属上海）人，同治年间，他曾在南京生活过一段时间，供职于金陵书局。金陵书局就设在朝天宫，离随园并不远。张文虎这么说，总有一些根据吧。

不过，与张文虎差不多同时代的管庭芬，对此说却很不以为然。袁枚做人做事，有时过于高调，不免惹人嫌。他自称随园就是大观园，管庭芬就觉得可笑。对张文虎此段"语殊冷隽"的评语，钱钟书《谈艺录》另有一番评说，非但立论通达，而且颇堪回味："其园得入《红楼梦》，乃子才之梢空；其人宜入《儒林外史》，则子才之行实矣。"钱钟书的意思是说，袁枚自称随园就是大观园，不免自我吹嘘之嫌，蹈空之言，未必可信。袁枚个性鲜明，又有才，又好名，很适合写到《儒林外史》中去。不过，《儒林外史》赞扬的人物少，讽刺的人物多，又常常出以漫画的笔墨，果真要写袁枚，恐怕形象也高大不到哪里去。

不过，吴敬梓去世时，袁枚名气还不像后来那么大，随园的名声倒是够响了。那么，《儒林外史》所写姚园景致，也许是吴敬梓故意放的烟雾弹，意在不让人对号入座，引起不必要的麻烦。指桑说槐，点到即止，影影绰绰，若有若无，这也许是吴敬梓的叙事策略吧。

"好色"的袁枚

　　随园先生袁枚的"好色"，有很多种表现。他广收女弟子，这事大家都知道，要知道，在他那个时代，这是一件匪夷所思的事，单靠这一点，袁枚就吸引了很多眼球，卫道士们啧有烦言，正人君子为之侧目，袁枚却不放在心上。不能不说他的思想有点超前。好色的袁枚，自然对美色情有独钟。那么，随园女弟子当中，有多少是绝色美女呢？这就难说了。也许并不太多吧。袁枚在读诗的时候，在编诗选的时候，在跟朋友交流的时候，都喜欢把美女挂在嘴上，过过嘴瘾而已。这也算是一种心理补偿吧。

　　《小仓山房诗集》卷三十二有一首诗，题为《佳句》，写得很聪明，也很有趣，属于很典型的袁氏风格："佳句听人口上歌，有如绝色眼前过。明知与我全无分，不觉情深唤奈何。"一首诗中的好句子，就好比人群中的美女一样，让人眼睛为之一亮。即使这句子不是自己写的，听人诵读，也感觉很过瘾。这就好比路上擦肩而过的美女，明知不属于自己，仍然不免多看几眼，看过之后，也不免为之感动。爱美之心，人皆有之。袁枚把爱诗之心，与爱美色之心，打通论述，用心巧妙。看美人是视觉，听乐歌是听觉，袁枚寥寥数语，就说清了视觉与听觉之间的"通感"。《世说新语》中记有一段故事："桓子野每闻清歌，辄唤奈何。谢公闻之曰：'子野可谓一往有深情。'"人生在世，不免有情，越是美好的事物，越让人珍惜，极端珍惜之余，便不免生出"奈何"之感。人生充满这类的无奈和怅惘，一往情深，无可奈何。谁都知道，袁枚作诗标举性灵，但这首小诗的第四句，却不动声色地嵌入了《世说新语》的这个典故，不落痕迹地掉了一下书袋，全诗风格依旧轻灵，真是聪明。

聪明人写诗，不妨走袁枚的性灵路线。聪明人论诗，也可以走袁枚的才子路线。按袁枚这种思路，诗要写得好，就像人要长得美一样，是硬道理，<u>丝毫不可怀疑</u>。在他眼里，佳句犹如美人，不仅养眼，而且引人遐想。晚唐五代有个诗人刘昭禹，以苦吟著名，自称"句向夜深得，心从天外归"。看样子，他是一个老实用功的人。他曾经对自己比较擅长的五律诗发表过一通创作心得："五律诗一篇四十个字，就像四十个贤人，中间不能掺杂一个屠沽。"他的意思是，五律诗体格古雅，所以，诗中的每个字都要像贤人君子，才符合古雅之风，如果混入一两个杀猪卖肉的，就大煞风景了。他的比喻与袁枚的比喻，完全是两种风格，两个路数。

说佳句有如美色，那还只是就其一部分而言。"巧笑倩兮，美目盼兮"，也只写到美人的一部分，光是眼睛，就足够迷人了。这是写佳人的佳句，在袁枚听来，应该格外悦耳吧。佳句得美色之一体，佳作则是通体美女。所以，袁枚觉得，选诗就像选美，编一部选本，就像举办一场选美盛会。这工作不容易：如果案上连篇累牍，全是好诗，那就好比目中尽皆美人，让人眼花缭乱，目迷五色。虽然辛苦，但享受了感官盛筵，审美上饕餮了一回，没有吃亏。如果好诗少，平庸之作多，挑了半天，挑不到满意的，那样选诗就是苦差事了。袁枚有一首诗题为《选诗》，曾经发过这样的感慨："选诗如选色，总觉动心难。"这次他的运气似乎不好。

《小仓山房尺牍》中存有一封袁枚的信，是写给一位朋友的。信中援引古人的说法："昔人论诗，道苏东坡如名家女，大脚步便出，黄山谷缩头拗脚，欲出不出，有许多作态。"苏东坡作诗，像大家闺秀，雍容大方，黄庭坚作诗，就不大方，而是扭捏作态。这个说法始于宋人，袁枚听起来，肯定感觉"于我心有戚戚焉"，于是情不自禁地作了一些发挥。看样子，他是喜欢落落大方的美女，而不喜欢扭捏作态。不过，他有一首诗描述自己的作诗过程，却这么说："爱好由来落笔难，一诗千改始心安。阿婆还是初笄女，头未梳成不许看。"明明是阿婆了，还要像二八少女那样爱美，精心梳妆，费时打扮，这岂不是比黄庭坚扭捏得更厉害？

袁枚眼里喜欢看美女，嘴上喜欢说美女，这都容易理解。出人意料的是，他居然拿老妻开涮，把老妻比作顽癣："顽癣如顽妻，一来不可黜。附体二十年，爬搔昼夜彻。"以癣入诗，非常稀见，袁枚居然写了这么一首，还附上他对顽妻的酷评，令人大开眼界。这首诗见于《小仓山房诗集》卷二十五，是专门咏顽癣的。不知他的"顽妻"是否识字，是否读诗？如果读诗的话，读到这样的诗句，会是怎样的反应？会理解他只是"为赋新辞强说丑"吗？袁枚身边有好些女弟子，晚年身边更是众芳环绕，"顽妻"似乎没有说什么，他却在这里说三道四，说得再过瘾，比喻再巧妙，政治上也是不正确的。

孔夫子说过："吾未见好德如好色者也。"如果碰到袁枚，孔夫子也许会说："吾未见好诗如好色者也。"

袁枚读《红楼梦》

读过《红楼梦》的人，大抵都会对书中写到的护官符留下较深的印象。护官符是做官的秘诀，每个官场中人都要熟记在心：

> 贾不假，白玉为堂金作马。
>
> 阿房宫，三百里，住不下金陵一个史。
>
> 东海缺少白玉床，龙王来请金陵王。
>
> 丰年好大雪，珍珠如土金如铁。

这护官符总共才四句，却两次提到了金陵，足以表明曹雪芹有"金陵情结"，他对这座城市是念念不忘的。随着《红楼梦》的流行，这段不登大雅之堂的韵语，也登堂入室，改头换面，进入诗家笔下。这是最近读《袁枚年谱新编》的发现。

乾隆三十四年（1769），原籍江西铅山的诗人蒋士铨携家眷离开南京，好友袁枚依依不舍，作诗挽留。这首诗题为《相留行为苕生作》，题中的"苕生"，是蒋士铨的字。诗一上来就是："金陵城，六十里，容不住一个苕生子。"不说别的，就说这句式，分明就是活剥护官符的第二句。袁枚是读过《红楼梦》的，这句诗就是明证，想抵赖也不行。

当然，袁枚也没有想抵赖。事实上，他还是比较乐意让自家与这部小说扯上些关系的。在他那个时代，《红楼梦》远没有今天这样的文学经典地位，袁枚愿意阅读并且评说《红楼梦》，对《红楼梦》的传播总是有好处的。在当今的红学界，有一些学者坚持大观园的原型，就是袁枚的随园，据说，袁枚本人也认同这一点，具体如何，还有待查考。听说去年广陵书社还出版了一本《随园与大观园》，也是极力主张此说的，可惜我还没有看到。多年前，有一次路过广州路西头的乌龙潭公园，在园中闲逛。小山坡上立一巨石，上面似乎刻有"石头记"三个大字，前面还有一尊曹雪芹的塑像。乌龙潭就在当年随园的西边。随园即是大观园的原型，这么说，不仅袁枚有面子，南京也有面子，所以，这个说法在南京甚至江苏还是颇有影响的。

关于大观园即随园的说法，最早似乎出自富察明义。此公是满洲镶黄旗人，是曹雪芹的好友之一，写过二十首《题〈红楼梦〉》绝句。明义曾经写过一段话："曹子雪芹所撰《红楼梦》一部，备记风月繁华之盛。盖其先人为江宁织府。其所谓大观园者，即今随园故址。惜其书未传，世鲜知者，余见其钞本焉。"

袁枚与富察明义相识甚早，交往颇多，在《答明我斋参领》的书信中，他曾对明义深情表白："人间万事，尽付烟云，惟于'感恩知己'四字，一息尚存，每钦钦其在抱。"《随园诗话》中也提到明义这种说法和这首诗。这么说来，袁枚读到的《红楼梦》，很有可能就是从明义那里得到的。

不过，谈到《随园诗话》中转录明义此说此诗，问题就复杂了。不同版本的《诗话》，文字颇有不同。在某些版本中，明义这首诗，居然摇身一变，变成了曹雪芹的作品。包云志先生在《〈随园诗话〉中有关〈红楼梦〉一段话的前后变化——兼谈〈随园诗话〉的版本》(原载《红楼梦学刊》2005 年第 4 辑) 一文中，曾经做过详细考证，这里就不饶舌了。

我想说的其实是：如果"金陵城，六十里，容不住一个苕生子"确实仿自《红楼梦》，那大概可以说明，袁枚早在乾隆三十四年就读过《红楼梦》了。须知，那时，曹雪芹辞世还没有几年呢。

粉饰的才子

偶然从网上看到一份袁枚的题跋，录其跋文如下：

> 乙卯春，余再到湖楼，重修诗会，不料徐、金二女都已仙去，为凄然者久之。幸问字者又来三人，前次画图，不能羼入，乃托老友崔君为补小幅于后，皆就其家写真而得。其手折桃花者，刘霞裳秀才之室曹次卿也。其飘带佩兰而立者，句曲女骆绮兰也。披红襜褕而若与之言者，福建方伯屿沙先生之季女钱林也。皆工吟咏。绮兰有《听秋轩诗集》行世，余为之序。
>
> 清明前三日，袁枚再书。

卷末钤三方印，朱文"己未翰林"、白文"随园主人"、朱文"花里神仙"。

从内容上看，这是袁枚为一幅画题的跋，具体地说，这幅画就是《湖楼请业图》。文中所谓"乙卯"，指的是乾隆六十年（1795），那一年，袁枚正好八十岁。几年前，他曾在杭州湖楼组织过一次诗会，众多女弟子环绕其旁，彬彬为一时之盛。这次重修诗会，八十岁的老翁依然精神矍铄，比他年轻的倒有两位弟子已经去世，又有三位是后来新加入的随园女弟子。袁枚请人重绘

袁枚《湖楼请业图》跋

一图，年代不同、存殁各异的随园弟子，同时出现于一幅图上，可算是对一段过往历史的重新叙述和改写。若图跋不一起传世并同时出现，后人解读此图，难保不会出问题。

纸末印章，朱红粲然，加上其笔迹，可以证明此跋出自袁枚手书。按说印章是最可信的凭记，不熟悉袁枚笔迹的人，只能看印章来判断。不过，不是所有盖了印章的文本，就是可信的袁枚作品。袁枚跋语中提到骆绮兰诗集，恰好从网上找到一本《听秋轩诗集》，是原藏于哈佛燕京图书馆的版本。前有王文治和袁枚两篇序，据说还是这两位文坛大腕的手书。现在来对比一下。

有意思的是，这两篇序也是作于乾隆六十年。王、袁二序笔法完全一样，显然出自一人之手，虽然后面加盖印章，那也是作不得数的。印章也许是可信的，至少那枚"花里神仙"，我们在前面的跋尾中见到过。王文治的书法不错，但这个序的字迹不像是他的，估计二序都是刻版时找人代书。万一袁枚的其他手迹都不留传，这篇有钤印为证的袁序，会不会被后人当成袁枚书法的真正代表作呢？完全有可能。

友人陈正宏教授曾指出，袁枚喜欢修改早年的诗作，热衷于修饰过往的历史，重塑自己的形象。袁氏的诗文，若比较早年的单刻与后来的全集，会发现有很多不同。研究作家生平，以往多倾向于依据其全集，采信其自述，其实，全集很多是后出的，未必可信，自述也往往是一面之词，不可偏听。这真是个重要的发

後進無涯而余則暮景頹光前
塗有限故勒其板而行之以及
於吾身親見之也即書此意以
序其卷端
乾隆六十年六月望日隨園八
十叟袁枚撰

興不工又何足較耶予序其詩
亦敬羨以著其為人也乾隆六
十年乙卯夏五月既望丹徒燾
史王文治撰并書

《听秋轩诗集》王文治、袁枚序

现。我要补充的是，哪怕是钤印的书迹，或者署名的篇章，也未可尽信，其中也可能已经加上了某种粉饰。文学家多少都有点自恋，像袁枚这样超级自恋的人，粉饰就更多了。

才名之累

　　袁枚自己可能也没有料到，他这个杭州人到了南京不久，就不想离开，终于求田问舍，购下一所废园，然后不辞辛劳，将其改造成后来大名鼎鼎的随园。袁枚也就此摇身一变，变成一位金陵才子，成功完成了人生范式的转型。虽然他时不时会提一句"钱塘苏小是乡亲"，其实，他早已"错把蒋州作杭州"了。

　　总体来说，才子的名声，对袁枚是有好处的，对随园也有好处，至少都奉送了附加值。这一笔无形资产滚动增长，袁枚享受了几十年，后人享受了几百年，直到今天，南京这座城市仍在享用，基本上还是一笔正资产。

　　凡事都有两面。人们累得半死，才挣来声名，结果声名反过来，成为累人的负担。正资产有时候也会变成负资产，就看面对的是谁。打个不太恰当的比方，这有点像榴莲，喜欢的爱得要死，不喜欢的讨厌得要命，闻一丁点儿气味都不行。

清人昭梿《啸亭杂录》卷十有"袁子才《江赋》"一条，说的就是袁枚的故事。据他说，袁枚天生聪慧，个性滑稽，爱开玩笑。黄廷桂任两江总督时，袁枚是他的下属。这黄廷桂是汉军镶红旗人，行伍出身，粗通文墨。其为人谨重，不苟言笑，与袁枚不对路。黄总督也不喜欢袁枚的才子气，有一次，故意话中有话地问袁枚："听说你自号子才，那么，你是以才子自命喀？"袁枚不客气地回答："是啊。"黄总督进而说："那么，我命你顷刻之间作成一篇文章，你做得到吗？"袁枚直接怼了回去："没问题，请您老命题吧。"黄总督厉声说道："那就请你做一篇《江赋》吧，字数最低限一万字，时间最长不超过三个时辰。"袁枚当即砥墨濡毫，笔不加点，有如行云流水，不多时间，一篇万字长赋就完成了，赋中还有不少奇诞之字，偏旁带水的字特别多，黄总督根本念不出来。他毕竟是武夫出身，识字不多，当下有点尴尬。不过，这事过后，黄总督却改变了对袁枚的看法，他称赞袁枚非但名副其实，而且名不过实。

粗略看去，这段轶事意在扬袁抑黄，再仔细一想，其实，黄廷桂也不是恶人，反而算得上正人君子，他只是看不惯袁枚的做派，但毕竟是生性质朴，能服善，不做作，不矫情。

很煞风景的是，我要在这里负责任地告诉大家，这故事大概是编排出来的，基本上没有这么一回事。这倒不是因为我查过《袁枚全集》，里面并没有这么一篇《江赋》，后代的好事者似乎还没来得及代拟一篇，或者补作一篇，让这段轶事显得更真实可信些。如果真有这样一篇大显才学的赋，以袁枚的个性，应该好好显摆一通才是。实际的情形，这个段子是抄袭宋人故事，非但抄得比较拙劣，而且明目张胆，态度相当率尔。

北宋有个早慧少年，叫夏竦，文才出众，诗赋敏捷。为了帮助他更快成长，家中为他请了名师，便是当时的著名学者、编有《唐文粹》的进士姚铉。某日，姚铉叫夏竦以《水赋》为题，限定字数为一万。夏竦苦思冥想，开始写作《水赋》，花了好长时间，才整出三千来字，很不好意思，只好去向老师求教。姚老师启发他：你为什么不围绕水的前后左右大写特写一通呢？这点拨果然有用，夏竦照老师提示重写，字数很快扩展到了六千，虽然还不到一万，姚老师也算他过关了。

这是北宋少年夏竦的故事。故事的教育意义或许有二：一是教导人作咏物赋之基本技法；二是教育人山外有山，天外有天，少年人尤其不能骄傲，要学的东西还多着呢。现在改了一下，变成黄总督教训袁才子的故事，结果弄巧成拙。这故事编得并不太缜密，别的不说，就说故事一开始，就交代黄总督讨厌"儒者"，便是一个 bug。袁枚的身份，可以说是才子，可以说是文人，可以说是前县令，可以说是清闲的寓公，甚至可以说是"流氓加才子"，问题都不太大，要说他是"儒者"，大概很多人都会有意见。估计他的浙江同乡章学诚就会第一个跳出来抗议，作为真正的"儒者"，章学诚肯定羞于与袁枚为伍。

这段子不太可能是昭梿编的，虽然昭梿明显不很喜欢袁枚，书中曾讥笑袁枚不懂考据，《诗话》《随笔》一涉考据，就错讹百出，闹出笑话。不过，对袁枚的天资，他还是真心佩服的。大概民间先有段子流传，后来传到昭梿耳中，顺便借来一用，也恰当地表露了他的心思。

替袁枚翻书

《随园诗话》卷九第一○○条：

> 偶见晚唐人辞某节度七律一首，前四句云："去违知己住违亲，欲策羸骖屡逡巡。万里家山归养志，十年门馆受恩身。"读之一往情深，必士君子中有至性者也，恨不友其人于千载以上。惜不能记其全首与其姓名。他日翻撷《全唐诗》，自能遇之。

这段话很简单，无非是说袁枚读了一首唐诗，其中有几句写得特别好，说出了人生常常面临的一种两难处境，说到他心里去了，可惜他不记得篇名，一时也没办法查，就暂时阙疑了。今天，《全唐诗》早就有了电子本，查起来很方便。袁枚说的这首诗，见《全唐诗》卷七百五，是黄滔《下第东归留辞刑部郑郎中诚》。全诗如下：

去违知己住违亲，欲发羸蹄进退频。

万里家山归养志，数年门馆受恩身。

莺声历历秦城晓，柳色依依灞水春。

明日蓝田关外路，连天风雨一行人。

也见黄滔的本集，即《黄御史集》卷三。袁枚记住的是这首诗前四句。我想，他印象最深刻的，应该是第一句"去违知己住违亲"。此句句中有对，措辞工巧，与袁枚诗的语言风格相近。

查《全唐诗》的小传，黄滔，字文江，福建莆田人。唐昭宗乾宁二年（895），他考中进士。这首诗应该是在895年以前写的，是向朋友郑郎中表示感谢的告别之诗。光化（898—901）中，黄滔除四门博士，不久升为监察御史里行，后来又到了福州，在那里当上威武军节度推官。王审知占据福建的时候，实际上割据一方，但终其一生奉中原正朔，而没有称王称帝，据说跟黄滔的规劝有关。袁枚说黄滔是晚唐人，没有错。说黄滔是个感恩念旧的人，也没有错，他不但感念郑郎中，而且感念李唐王朝。毕竟他在那个"向晚意不适"的王朝，也中过进士，虽然这出身经过了不少曲折，来得晚了一些。这样一个有至情、至性的厚道人，最有可能成为忠臣。

这首诗是黄滔下第东归故乡，辞别刑部郎中郑诚时所作，袁枚错记成节度，就跟其下第离开长安的背景连不上了。撇开具体的创作背景，或多或少，对理解诗句是有影响的。有时候，诗题就像是指南针，或者像有经验的"地陪"，没有了他或她的向导，读者就好比陌生而好奇的游客，进入一片丛林，意义的枝杈纵横交错，缤纷满目，很容易迷失方向。

实际上，袁枚不仅忘记了题目，记错了背景，诗句也记错了几个字。"十年"比起"数年"，时间上是略长了一点；"欲策羸骖屡逡巡"比起"欲发羸蹄进退频"，意义没有太大差别，也许从这几个不经意的记诵偏差中，能够看出袁枚本人措辞造句的习惯。

这首诗并不广为流传，袁枚在哪里看到的，说不清楚，有可能是从《全唐诗》或者《黄御史集》中看到的，也有可能是根据别人的转述，那么，这一笔错记误解的账，就不能全算在袁枚的头上。

同治三年的南京

同治三年（1864），何绍基66岁，正在湖南长沙担任城南书院的山长。这一年的六月，曾国藩兄弟率领的湘军攻陷太平天国的首都天京，接着，清军又收复了苏州、常州等地，从此翻开了清室"中兴"的一页。对于湘军的战功，作为湘人的何绍基是自豪而且骄傲的。对于南京这处二十二年前的旧游之地，何绍基心中更有一种抑制不住的怀想。他迫不及待要去南京一游，看看劫火之后的南京城。十一月二十四日，他结束城南书院的课务不久，就坐上新式的火轮，顺江而下，直奔南京。据说，他坐的那艘船名叫"飞似海马"。果然，"两昼一宵飞似马"，只两天工夫，就到了南京。

从十一月二十八日到十二月初八，何绍基连日出游，有邓季雨、魏槃仲、刘开生、黄礼吾等人陪同，行程颇为密集。他走访了许多旧游之地，访问了很多旧日友人，这趟行程也受到了曾国藩、彭玉麟等湘军将帅的关照。对何绍基来说，这既是回首往昔的怀旧之旅，又是体验劫乱的伤心之旅。头尾十一天，时间不长，却是心潮激荡，感慨万千。他的《金陵杂述》四十首，就是在这种情境下写的。了解太平天国乱后初定的南京情形，这一组诗是极为珍贵的史料。

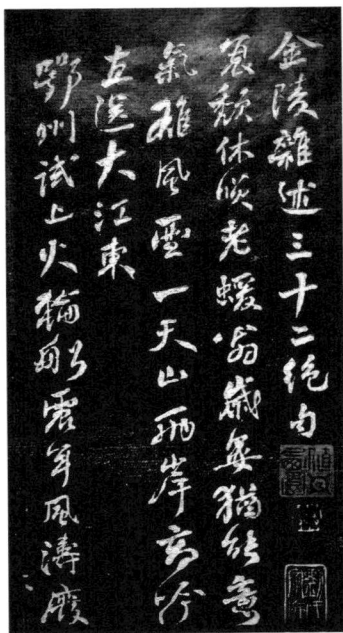

金陵杂述 1

金陵杂述 2

战乱之后，南京城池残破，"太平门外行人断，玄武庙中鬼火多"，到处是断垣颓井，地下埋着许多冤死尸骨，触目惊心。妙相庵是城中名蓝，庵中最著名的秋海棠壁早已荡然无存，昔日的僧人都被驱散，太平军翼王石达开占据此庵，清静之地变成王府的花园。作为书院山长，何绍基特别关注南京孔庙和书院的情形。他痛心地看到，南京著名的钟山书院和惜阴书院都已成为废墟，连秦淮河边的夫子庙，两庑红墙只各剩下半壁。夫子庙周边的周处读书台、青溪、板桥、丁字帘，也都不复旧观。鸡鸣寺前的"十大功臣庙"都已荒废。明清时代南京的标志性建筑大报恩寺塔，已经毁于战火，岿然独存的只有明孝陵，虽然地面建筑大多损毁，但宝城与神道石人石马大体无恙。

十年劫乱，南京士绅流离失所，殉难者亦不少，画家汤贻汾全家殉难，只是其中一例而已。众多南京园林也损毁严重，元气大伤，"十里烟芜草不青"。小仓山的袁枚随园，昔日紫雪轩诗画满壁，现在则人迹阒寂。清凉山只留下山顶上的一座翠微亭，孤零零地站在那里。今日上海路与汉口西路交叉处的陶谷新村，传说是南朝陶弘景炼丹之地，咸同年间，著名藏书家张徵斋卜居于此，筑三间柏木厅以藏书，自称陶谷主人。战乱过后，柏木厅仍在，但藏书却已散失。蔡友石的晚香庄，有墨缘堂石刻，当年何绍基曾来观赏过；汪氏邺园石峰上，原刻有顾横波所书"驻鹤"两大字，如今也不可复见，风流云散。邓廷桢家族的万竹园，在城西南角，只剩下冷水一池，至于"西园凤凰台一带，瓦砾堆积最甚"，更让人不忍卒睹了。

　　闻见如此，何绍基心情沉重，诗作的色彩也偏于阴郁。不过，这趟行程也有一些轻松的亮色。何绍基到南京，彭玉麟邀请他住在朱履巷，当时南京城的最高长官曾国藩连番招饮，出席作陪的大多是何绍基的旧友，有的在曾国藩身边做事，如金陵书局中的一些熟人，有的刚从外地漂泊还乡，如汪士铎等人。如果没有曾、彭等同乡的照拂，此行不会这么顺利，何绍基也不一定会将这组诗录呈曾国藩了。因此，颂扬曾氏兄弟及湘军诸将的功绩，是诗中必不可少的。诗中写到曾国藩建立的金陵书局，当时还设在原太平天国慕王府中，正在刊刻清儒王夫之的《船山集》。诗中也写到曾国藩的恢复之功，比如曾国藩、李鸿章等人攻克南京之后，尽管时间仓促，仍然决定于当年十一月重开江南省试，此举有益于凝聚江南民心，提振士气，可圈可点。诗中还写到人称"九帅"的曾国荃，从龙脖子掘洞攻城、出奇制胜的功勋，写到南门城楼修葺一新，重见雄伟之貌，歌颂之意非常明显。然而，何绍基亲眼看到，"伪天王府残址，飞鸽极多"，他在诗中也毫不避讳地写道："十年壮丽天王府，化作荒庄野鸽飞。"为什么会这样？是谁放火烧毁了壮丽的天王府？这背后究竟谁是罪魁祸首？除了太平军，难道就没有湘军的"贡献"？这可以说是诗的弦外之音，人们需要深长思之。

这一组诗作于同治三年十二月九日，后来被刻石，拓印流传甚广。一方面，这毕竟是著名书法家何绍基的书迹，诗因字重；另一方面，这组诗对劫后南京城多方面的生动描绘，也让读者不能不为之动容。

里乘史家王东培

　　江宁人王东培，原名孝烺，东培是他的字，以字行，所以世人多称他为王东培。王东培是清末举人出身，后来曾在两江师范学堂、东南大学任教。从年辈上讲，他跟王伯沆是平辈，两人都以擅长诗书著名，并称"二王"。与王伯沆一样，王东培也是在传统文化中熏陶成长起来的，书法、绘画、篆刻，样样精通，特别擅长画梅。他也喜爱诗词创作，曾与本地文人夏仁溥等人组织"如社"；又与石凌汉、仇埰、孙濌源等人组织"蓼辛社"，时称"蓼辛四友"。其作品有《红叶石馆诗词钞》。抗战胜利后，曾"漂泊西南"的诗人又回到家乡南京。

　　王东培是个热爱生活、更热爱家乡的人。故里的野史杂谈，日常生活，饮食风味，一草一木，莫不长记在心，津津乐道。他写过《里乘备识》，所谓"里乘"，就是家乡的历史；"识"者，"记"也，巨细不遗地记录下来，可以供未来史家采摘，也可以给好事者提供茶余饭后的掌故。大到建置，小到风物，市井巷陌，寻常人事，耳听不虚，眼见为实，都泛着历史的涟漪。他还写过《乡饮脞谈》《续冶城蔬谱》，"旧德名氏，故老传闻"，看似闲闲道来，字里行间，无不透出乡思的色泽。隔几十年再读，依旧趣味盎然。

话说燕子矶有一永济寺，原名弘济寺，后来为了避乾隆皇帝的讳，改名永济寺。"金陵四十八景"中有一景名为"永济江流"，就指此寺。乾隆皇帝与永济寺颇有因缘，南巡途中曾多次来到此寺。永济寺中有一位老僧，特别不爱说话，人称"默默"，当时已经101岁，依然腿脚利索，"清健如少年"，堪称人瑞。乾隆召见之后，赐诗曰："不会诗文不解禅，果然默默以全天。半生尘世半生佛，亦号山僧亦号仙。"皇帝对老僧恩宠如此，自是寺庙的荣誉。寺里闻风而动，立即将此诗刻碑立石。不料马屁拍得太快了一些，碑刚刻好，忽又接到圣旨，皇帝已将本诗第四句改为"可号山僧可号仙"。"亦"字改为"可"字，一字之差，却有讲究："可"字更能突出皇帝的权威口吻。寺里很是被动，只好将"可"字刻在"亦"字之上，让碑石永久保留皇帝改诗的痕迹。这是《里乘备识》记载的一段轶事，据说此碑当时仍存。现今燕子矶顶上倒也有一块御碑，似乎未见此诗，抽空得去实地考察一下。

鸡鸣寺侧的景阳宫井，是文人最爱寻访的胜迹之一，井旁建筑屡建屡圮，难以历数。民国时的景阳宫井是什么样子的呢？据王东培说，井前有一个牌坊，上有里人魏梅村题字："色即是空。"魏梅村即魏家骅，也是本地名人，他多年学佛，对于寺旁这个以风流亡国著称的古井，这个题词一语双关，别有意味。

夫子庙边上的江南贡院，是明清两代江南乡试的考场，早几年以江南贡院为中心，建起了中国科举博物馆，更加突显了此地的历史文化内涵。围绕贡院、夫子庙以及大成殿，古往今来，盛产各种有关科举的传说轶事。比如，假设某年大水淹了大成殿的水井，那么，当年解元一定是南京人。"水淹大成井，解元出金陵"，这句流传已久的谚语，据说屡试不爽。大概大水冲了夫子庙，把文运从井里冲出来，因祸得福。王东培记载了两个比较晚近的例子，其中一个在光绪二十三年（1897），那年秋天发大水，果然，江宁杨炎昌在乡试中考了第一名。但也有人说，这是杨炎昌母亲行善积德的福报。据说杨母每天夜里都在巷口点一盏灯，免得夜行人不小心，踩到井边的水坑里。

太平天国盘踞南京十余年，改两江总督府为天王府，穷极壮丽。同治三年（1864），清兵收复南京，天王府被焚，"十年壮丽天王府，化作荒庄野鸽飞"。当年盛极一时的天王府究竟是什么样子，只能空凭想象。王东培给我们留下天王府大门前的两副对联，一副是："虎贲三千，直扫幽燕之地；龙威九五，重开尧舜之天。"另一副是："独手擎天，重整大明新气象；丹心报国，扫除外族旧衣冠。"据说还有一副对联，是某一殿楹柱上的："马上得之，马上治之，造亿万年太平天国于弓刀锋镝之余，斯诚健者；东面而征，南面而征，救廿一省无罪良民于水火倒悬之会，是曰仁人。"据说是当时一个潦倒文士所献，从政治诉求上看，打的是反清复明、救民水火、重建太平盛世的旗帜，还是挺有号召力的，可是洪秀全嫌字句太文乎，不喜欢。实话说，这几副对联都颇有气势，出手不凡。

在没有照相和录影的时代，像王东培这样的文字记录，可以说就是文字影像。历史上有各式各样的史学家，像王东培这样的，各地都有，也许可以称为"里乘史家"，不应该被遗忘。

王木斋与文廷式

近代南京文坛不乏才人，在诗词方面名闻一时的，就有不少，可惜未及百年，这些名字已渐渐为人淡忘，如今知晓的人已不多。比如王木斋。

王木斋，名德楷，室名娱生轩，上元人，著有《娱生轩词》。他是光绪二十三年（1897）副贡，从功名上说，他是不太得意的，看来科举这块敲门砖，他用得不太顺手。但是金子到哪儿都发光，他毕竟是有才华的，所以，能与并世很多文才秀异、声名显赫的人交往，比如文廷式、黄遵宪、况周颐、容闳、夏敬观等人，总算没有埋没他的才华。夏敬观《忍古楼词话》说："上元王木斋德楷，与予侄承庆为丁酉同年生。昔年在文芸阁席上见之，遂与订交。木斋记问博雅，善谈论，庚子、辛丑间在沪上，盖无日不相往还。所著《娱生轩词》，近年其乡人卢君冀野始获录刊一卷，盖遗稿散佚者多矣。"夏敬观是晚清民国有名的词人

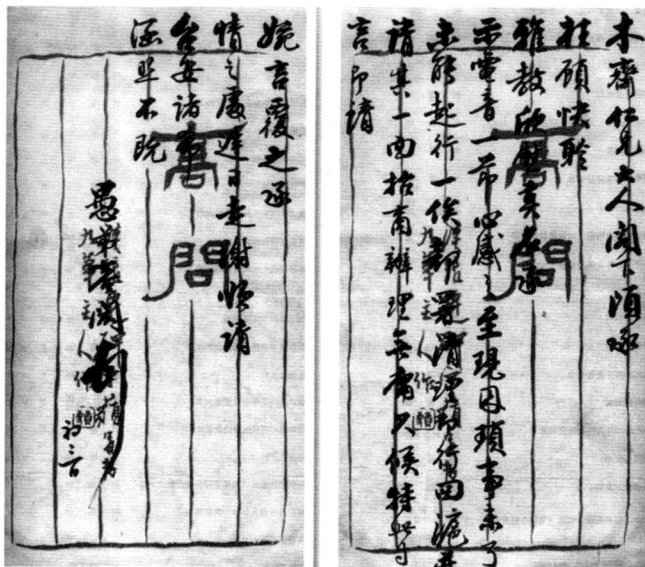

容闳致王木斋书

　　和词学家。光绪二十六年前后，夏敬观与王木斋同在上海，两人交往密切，夏敬观对王木斋的学问评价极高。文芸阁就是文廷式，是夏敬观的江西同乡。夏敬观是通过文廷式认识王木斋的。他们三人都喜欢填词，彼此唱和。文廷式的《云起轩词》中，有不少与王木斋的唱和之作。最近出版的何东萍《云起轩词笺注》中，对文、王二人的交谊唱和，有颇为详细的考释。

　　王木斋与文廷式很早相识，早到何时不能肯定，但至迟光绪十九年，他们就已相识了。那一年，文廷式典试江南，王木斋是考生。不幸的是，虽然很多人都说王木斋"才气横逸，风期隽上"，他的卷子却没有被阅卷官看中，名落孙山。这当然也不能怪文廷式，只是面对这样的结果，文廷式仍然感到有些愧疚。临离开南京之前，文廷式写了《木兰花慢·寄上元王木斋》一词，温语慰释。这首词的小序中也说到此事的经过。词云：

> 听秦淮落叶，浑不尽、暮秋声。况清歌寂寂，斜阳黯黯，客思沉沉。题襟，那回去后，阻燕吴、迢递六年心。携手河梁又别，依然酒幔空青。

> 男儿何不请长缨，挥剑制龙庭？只麻衣入试，金门献赋，那算功名！藏形、不妨操斧。学兵符、须入华山深。四野荒鸡唱晓，万重飞雁回汀。

很明显，"只麻衣入试，金门献赋，那算功名"这几句，就是宽慰人的话，说说可以，不必太当真。光绪二十一年，黄遵宪、文廷式、梁鼎芬、王木斋等人同在南京，适逢文廷式南归，诸人饮集吴船，在座诸人各填《贺新郎》词一首，抒发悲欢之情。王木斋作有《金缕曲·云阁学士南归》，《金缕曲》就是《贺新郎》的别称。其词云：

> 叩醒南山角，照天东榑桑十万，一枝谁托？为忆阆风绁

余马，几度桃花开落。便清浅蓬莱如勺，寂寂琐窗无人到，尽鸩媒镇日凭商略。青鸟信，忍猜度。

十洲那有闲丘壑？莫依依石泉丛桂，竟寻初约。七载燕吴成间阻，世事雨云回薄，惊一见一回非昨。我自行吟拌蕉萃，望夫君骞尽汀洲若。波婉娈，意谁觉？

这首送别之词，化用李贺、楚辞，深情缅邈，色彩绚丽，此种词笔，也是王德楷最为擅长的。他还有一首《迈陂塘·和云阁题壁之作》，情深辞丽，亦略同此。其词云：

镇荒唐、楚天云雨，一春朝朝暮暮。沧波已自横流急，莫问潇湘玄圃。君听取。听檐溜声声，滴断春归路。韶华轻负。任老尽琼蕤，采香人杳，谁与话修嫮。

江南好，见说不如归去。杜鹃啼血凄苦。天涯芳草知何处？况复王孙羁旅。休诉与。料湘水无情，那管闲愁绪。尊前健否？算未得荃荪，远游聊慰，不是鸩媒误。

王木斋与晚清民国南京著名学人王瀣（字伯沆，号冬饮）也有深交，谊在师友之间。王伯沆为其《娱生轩词》作序，介绍木斋其人其词，颇有史料价值，因抄录如下：

木斋负奇气，好博览。自客湘抚幕，与当世士大夫游，名益起。余弱冠后识于里中，每聆其论议，声大意远，辞连抃不可穷，不觉气慑。兄事之，益服其性之笃厚，出入必相偕，谈谑互作。余生平之交，盖未有相得之深且久如君者也。君举丁酉科副贡，五十后，以家渐落，侘傺致疾，呐不能多言。时犹扶一童过余，默坐相视至移晷，余力慰之，但颔首。竟以丁卯年五月十九日卒，年六十有二。不觉哭之恸也。君于诗文，恢疏如其人，然不多作。于词服文道希学士，唱和为多。余间索阅君新稿，则起检书丛中，往往失去。余怪君不自珍惜，则又笑曰："吾词达吾意耳，乃欲吾遗后不相知之人耶？"及君卒，就其家求之，久乃得小册三，已非君手稿，讹脱复杂，有为余夙嗜者亦未载。然君词散佚多矣！

据此可以推知，王木斋生于清同治五年（1866），卒于民国十六年（1927），享年六十二岁。在近代词学复兴大潮中，南京词坛颇有贡献，王木斋亦是其中之一。可惜他的词作早多散佚，王伯沆曾钞存《娱生轩词剩》七页，编入其《上元五家词选》中。不知此外尚有可辑存者否？

王伯沆的女婿周法高编有《近代学人手迹初集》，其中收有王木斋《致王伯沆书》，木斋自叙与文廷式之交谊，感恩伤逝，情深意长。信比较长，选录一节如下：

　　云阁于八月廿三日逝世。此楷生平第一好友，文章学问在师友之间；性情谊气，直异姓骨肉。即楷弱冠以后，一知半解，少有心得，无非云阁鞭策启发之力。而非如云老之闳通博雅、深入理海，当代余子，亦鲜足当楷请益者。今年未五十，先我而逝，哲人其萎，吾将安仰？至今十二时中，无一刻不有此人之声音笑貌系于寤寐。中心藏之，何日忘之。殆终吾生，不能释此痛矣！且云老流离江湖一匹夫耳，而生死之际关世运甚大，盖惟帝运不能复昌，故常熟春凋，萍乡秋谢，此中有天意在也。至云老乘愿而来，返真而去，一念万年，岂屑屑此数十年之世缘，为若人寿夭耶？特使我等后死之凡夫目睹此事，举所谓文章、学业、道德、功名之心皆一时灰冷，韩昌黎所谓："自今以往，吾亦无意于人世矣！"吾弟未能及其生前一亲教言，并世失此伟人，殊为可惜。

王木斋于师友之义郑重如此，深挚如此，读之令人动容。我手头恰有此信复印件，今抄录其文于此，表达景仰前贤之意。

旧迹堪寻：老南京楹联偶拾

楹联与胜迹分不开，有时候像双胞胎，有时候像曲艺中的双簧表演。品题名胜，好的联语常能画龙点睛，置身景中的人，自是触目惊心，即使时过境迁，也让人"不思量，自难忘"。但是岁月无情，胜迹不常，慢慢地，忘却倒成了常态。连凑趣到眼前的，轻轻滑出记忆边缘，也成了司空见惯，实在觉得可惜。近来消闲，读了一些南京地方文献，在《白下琐言》中看到不少名胜楹联，那些胜迹基本上都已经是梓泽丘墟，过往烟云。

北宋真宗时，苏州人丁谓成为南京最高军政长官，他在今水西门附近修建了一座赏心亭，把家藏名画《袁安卧雪图》挂在亭中。此画出自唐代著名画家周昉之手，十分珍贵。赏心亭在西水关外，秦淮河上，风景绝佳，名画名胜，相得益彰。没想到，后来有个贪心的太守，使用调包之计，将真画占为己有。有人赋诗一首，咏叹此事："千里秦淮在玉壶，江山清丽壮吴都。昔人已化辽天鹤，旧画难寻《卧雪图》。冉冉流年去京国，萧萧华发老江湖。残蝉不会登临意，又噪西风入座隅。"如今，不仅名画不存，连旧日的赏心亭也早已不在。摘录这样一些楹联汇聚于此，虽然只是九牛一毛，或许也可以夸说"旧迹堪寻"，聊胜于无。

一、庵观寺庙

凤台门花神庙

过眼说繁华，漫劳寻芳草吴宫，秾华晋苑；
同心勤报赛，最难忘春风山郭，秋雨江城。

凤台门外皇姑（明中山王第三女）庵

薄皇后而不为，一生来迹遁空门，心伤魏阙；
对父王共无愧，千载后清同淮水，高比钟山。

报恩寺联

柏子庭前真骨相；
莲花座上老头陀。

聚宝门外梅冈三茅宫

不孝父母，空向名山参活佛；
无愧身心，始来福地礼金身。

安品街关帝庙

先武穆而神，大汉千古，大宋千古；

后文宣而圣，山东一人，山西一人。

汉西门华藏庵前殿

心迹双清，华藏庄严开胜地；

仙佛一贯，冶城葱郁近朝天。

华藏庵观音殿

破我尘劳，看四周红树青山，胜绝城西风景；

发人深省，听一片晨钟暮鼓，悠然海上潮音。

太平门外衡阳寺

六朝钟秀，运启齐梁，朗禅师披草莱，占南朝四百八十寺之首，感龙女献泉，涓涓派流不息；

五叶留芳，光吞吴越，宝志公剃须发，开西域三千七百年之灯，遇梁皇问道，赫赫声价弥高。

集金陵梵刹名为联

天界能仁，高座碧峰谈普德；

地藏善世，半边浅水现莲花。

甘熙集金陵梵刹名为联

> 天界能仁，高座碧峰谈普德；
>
> 祇园正觉，幽栖灵谷讲华严。

甘熙集金陵梵刹名为联

> 普德慧光，静海德恩参卧佛；
>
> 洞神灵应，丛霄神乐会朝天。

二、园林桥宅

秦淮水榭集宋词联

> 波暖尘香，看槛曲萦红，檐牙飞翠；
>
> 醉累梦短，在灯前敧枕，雨外熏炉。

淮清桥桥门集唐诗联

> 淮水东边旧时月；
>
> 金陵渡口去来潮。

长乐渡生生堂

> 不作风波于世上；
>
> 自无冰炭在胸中。

又

常使胸中生意满；

须知世上苦人多。

扬子江重建救生会

旧迹半苍茫，看鹭洲春月，狮岭秋云，廿年前杖履追随，回首不堪追逝水；

新基重结构，听佛寺晨钟，神祠暮鼓，千里外帆樯来去，同心愿与祝安澜。

瞻园

大江东去，浪淘尽千古英雄，问槛外青山，山外白云，何处是唐陵宋阙；

小院春回，帘卷起一庭风月，看溪边绿树，树边红雨，此中有舜日尧天。

（或改"唐陵宋阙"为"吴宫晋苑"，以切本地历史。）

袁枚自题随园联

不作公卿，非无莱命都缘懒；

难成仙佛，为有诗书又恋花。

又集唐句联

放鹤去寻三岛客；

任人来看四时花。

随园小栖霞联

此地有崇山峻岭，茂林修竹；

是能读三坟五典，八索九丘。

袁枚题皇甫巷邢氏缘园

胜地怕重经，记当年丝竹宴诸生，回头是梦；

名园须得主，幸此日楼台逢哲匠，着手成春。

莫愁湖楼

一片湖光比西子；

千秋乐府唱南朝。

又

此地曾传汤沐邑；

何人错认郁金堂。

邓廷桢宅门联

二分水竹；

一半城郊。

秦涧泉题其所居大夫第东山楼

辛勤有此庐，抽身归矣，喜鸟啼花笑，三径常开，好领取竹簟清风，茅檐暖日；

萧闲无个事，闭户恬然，对花熟香温，一编独抱，最难忘别来旧雨，经过名山。

邓子京所居空楼

天上神仙成眷属；

人间遇合小因缘。

三、公私祠墓

名宦祠

典型师百世；

俎豆重千秋。

又

宽猛因时，其政举则其人存，千古之仪型，昭如日月；

馨香时荐，无虚名乃无愧色，一堂之俎豆，卓尔江山。

又

风义被江山，歌颂不须青史传；

馨香升俎豆，神灵常抚白门人。

忠义孝悌祠

祭于大烝，祀于礿宗，敬梓恭桑，二水三山钟正气；

孔曰成仁，孟曰取义，贞松劲草，一堂千载有同心。

又

爱敬笃庭闱，饬纪敦伦，懿行昭垂成卓行；

馨香登庠序，维风励俗，古人模范示今人。

乡贤祠

崇祀岂徒然，道德文章政事；

骏奔匪偶尔，忠臣孝子慈孙。

先贤祠

或安行，或利行，或勉行，其成则一；

曰立功，曰立德，曰立言，不朽者三。

邓府王邓愈墓联

高密前勋传铁券；

宁河楸绩著金书。

杨铁心墓石碣联

愿为赵氏鬼；

不作他邦臣。

何绍基撰甘氏兄弟享堂联

修于家，式于乡，扬于朝，风斯古矣；

生同胞，葬同穴，祭同室，礼亦宜之。

又享堂邻梅汪二氏墓

梅氏拜遗阡，知两家地理天文，心源默契；

汪公瞻故冢，信千古忠臣孝子，精爽同昭。

甘氏宗祠

七庙有功，侯封不亚温忠武；

一抔无恙，血食犹方卞建兴。

邢（一凤）氏宗祠

江左人文第；

山中太史家。

四、衙署书院

两江总督府

> 堂上一官称父母，莫道一官好做，当尽些父母恩情；
> 阶前百姓即儿孙，休言百姓可欺，须留下儿孙地步。

陈芝楣题两江总督府官厅

> 圣代即今多雨露；
> 诸君何以答升平。

上元署大门联

> 政先六十一县，非曰能之；
> 风行二百三里，固所愿也。

上元署二门联

> 愿皆为良善民，无干刑法；
> 誓不作贪酷吏，有负生平。

江宁署二门联

> 未免应酬，常恐亲民时刻少；
> 果然悦服，何妨观我国人多。

江宁县丞署

　　有一日闲且耕尔地；

　　无十分屈莫入我门。

康熙时徐公铨题明德堂

　　六朝风土常新，黉序并乡闱，博采菁华归实学；

　　一代人文独盛，秦淮宗泗水，约遵规矩障狂澜。

乾隆时曹秀先题明德堂

　　教以人伦，君臣、父子、夫妇、兄弟、朋友；

　　止于至善，格物、致知、正心、诚意、修身。

尊经书院

　　立德立言立功，士先立志；

　　有猷有为有守，学必有师。

又

　　至德本无他，皆以诚笃为本，此中有尧天舜日；

　　大道原一贯，不越忠恕两言，到处是圣域贤关。

凤池书院

　　教思无穷，溥钟鼓辟雍之化；

　　学古有获，跻车服礼器之容。

又

入则孝，出则悌，守先王之道，以待学者；

颂其诗，读其书，友天下之士，尚论古人。

贡院至公堂

场列东西，两道文光齐射斗；

帘分内外，一毫关节不通风。

又

矮屋策高文，九天升，九渊沉，九转丹成，多士出身，在此九月九日；

秋闱感春梦，三场竞，三艺竞，三条烛尽，一官回首，于今三十三年。

乙未恩科值皇太后六旬彩棚胪祝

蕊榜沐隆恩，霞蔚云蒸，庆二十三人之聚会；

璇宫集景莆，天长地久，合万六千岁为春秋。

附：李笠翁题庐山简寂观

天下名山僧占多，也该留一二奇峰，栖吾道友；

世间好话佛说尽，谁识得五千妙论，出我仙师。

普德寺对联（佛铸自梁时，花雨缤纷，人来喜说明三觉；寺兴由武帝，慈云荫覆，客至闲谈话六朝）

纸上的南京先贤祠

　　唐代诗人孟浩然早就说过："人事有代谢，往来成古今。江山留胜迹，我辈复登临。"江山胜迹，往往与古今人物密切相连。明末天启二年（1622），任职南京国子监的孙应岳撰成《金陵选胜》，书后附有《金陵人物略》。此中用意不可不知：在他眼中，人物也是风景，是金陵名胜不可或缺的组成部分。

　　在《金陵选胜》中，孙应岳把金陵人物分为五类：里产、寓止、宦游、丘墓、享祀。所谓里产，指的是原籍南京的本地人，也就是所谓"老南京"。所谓寓止，就是流寓南京的外地人士，是新南京人。初来是客，一旦定居于此，历经几代，年久日深，也可以"反客为主"，变成真正的南京人。城南乌衣巷口的王、谢两家，就是东晋初年从北方迁居南京的，后来成为本地的大家族。所谓宦游，是指在这里做过官的。有些人后来定居于此，终老于此，乃至安葬于此，遂与南京结下不解之缘。北宋著名的政治家和文学家王安石，起先是因为父亲到南京做官而移居南京，后来又因自己深爱南京，而选择在此安度晚年，最终安葬于此。丘墓在南京的名人，或者享祀南京的名人，原籍未必在南京，王安石就是一例。但他们的故居、墓葬和祠庙，往往成为南京的胜迹。东郊梅花山的孙陵冈以及紫金山的中山陵，南郊牛首山的郑和墓，早已成为人们踏访的胜地。说起来，孙权、郑和、孙中山的原籍都不是南京。

明清以来，南京也出了不少名人，大抵不出孙应岳书中所说到的这五类。原籍南京的名人，自然属于"里产"，其中有些堪称"奇人"的，可以说是本地"特产"。比如号称"样式雷"的清代能工巧匠雷金玉，又比如吴敬梓《儒林外史》中描写的义士凤老爹的原型甘凤池。而吴敬梓本人则属于"寓止"南京的名贤，他的老家在安徽全椒，而他的精神故乡，则是在南京。吴敬梓在秦淮水亭的日子，过得贫困又潇洒。南京与吴敬梓，可谓两不相负。假设吴敬梓没有移居南京，恐怕也就没有《儒林外史》了。

像吴敬梓这样的名贤，还有很多。早于吴敬梓的，除了东晋的琅琊王氏和陈郡谢氏，还有南朝伟大的科学家祖冲之、清初著名戏曲家李渔等，不胜枚举。晚于吴敬梓的也很多，现代著名学者黄季刚和当代著名作家白先勇，就是其中两位。最奇妙的是白先勇，他在南京度过了自己的少年时代，晚年又常回南京，为复

171　　　　　　　　第三辑

兴昆曲艺术而奔走，还在南京大学设立"白先勇文化基金"。白家是回族人，元明时住在水西门七家湾一带，是地地道道的老南京。明代，白家先祖因游宦而迁居广西，没想到过了几百年，因为白先勇的父亲白崇禧任职于南京国民政府，白家又从广西迁回南京。冥冥之中，白家注定与南京有缘。

很多文学史上的名家巨匠，虽然并未寓止南京，而只是短暂停留的匆匆过客，却留下了难以磨灭的足迹，后人追寻芳躅，怀想不已。李白在金陵诗酒风流，张恨水在南京才华横溢，张爱玲在南京寻访祖居遗迹，黄裳在苍茫烟雨中写下他的金陵旧梦。这些"匆匆过客"，有的是著名的思想家，比如明代大儒王阳明；有的是学者和文学家，比如清末奇人同时也是神秘的太谷学派传人刘鹗；还有的是外国人，比如著名的耶稣会传教士利玛窦曾经来过南京三次，大名鼎鼎的印度诗人泰戈尔也曾来访。这些过客可以证明，南京不但是一座好客的城市，更是一座开放的城市。

在宦游南京的名人中，蒋子文算是年代最早的一位。从三国开始，蒋子文"青骨成神"，封侯拜相，称王称帝，几乎每个朝代都为他建祠立庙，地位越来越高，影响越来越大。今天南京及其周边还有很多地方，仍然可见蒋王庙之类的地名，见证着他的文化存在。像蒋子文这样宦游此地，有功斯土，享祀千秋是理所应当的。最早为蒋子文建庙祭祀的是孙权，作为吴大帝——第一个在南京建都的王朝的第一个皇帝，他的身份自非等闲"宦游"可比，他的陵墓也不可与一般丘墓同日而语。有人提议在南京为这个最高级别的"宦游人"建一座纪念馆，应该会有很多人赞同。

从前，南京城里城外，名人祠庙星罗棋布。雨花台畔，曾有祭祀"用生命诠释气节"的明代忠臣方孝孺的方正学祠，而在寻常巷陌之中，则有晋代谢安，唐代颜真卿，宋代郑侠，清代曾国藩、左宗棠、陶澍、林则徐等名贤的祠庙，不胜枚举。在雨花台侧的普德寺后山，更有一座先贤祠，祭祀自周朝吴太伯以至晚清的历代南京先贤，规模煞是可观。斜阳草树，雨打风吹，这些祠庙早已毁圮，化为历史的埃尘，令人叹惋。

《南京日报》是南京人的报纸。温故知新，怀古爱乡，报纸开辟了"风雅秦淮"专栏，坚持多年，刊发了很多关于南京名贤的文章，颇受读者喜欢。在我看来，这些文章就是以文字的形式，为先贤们重新竖立神牌，也可以说就是重建了一座书面的"先贤祠"或"名人堂"。对南京历史文化有兴趣的读者，倘能抽空到这座"先贤祠"或"名人堂"里徜徉一番，相信会更加了解这座传奇的城市，更加热爱这片风雅美丽的土地。

第四辑

牛首山诗人胡三怪

　　转眼又快要到"春游牛首"的季节，不由得想到当年的金陵大学教授、诗人胡翔冬先生。

　　胡先生名俊，字翔冬，人称"胡三怪"。"三怪"的"三"，说的是他排行第三。别人说他怪，他也常常自称"好怪"，他的诗《春日闲居十首》第一首开篇便是："窑湾湾上住，好怪信人言。""窑湾"在南京城南，是他的住处。要说翔冬先生的怪，其实何止于三。篇幅有限，这里只说三点。

　　第一怪是他经历怪。他早年曾入两江师范学堂学习，师从清道人（李瑞清），与胡小石是同学。光绪三十四年（1908），他到日本早稻田大学留学，宣统二年（1910）回国。那时候，他还年轻，追慕荆轲、高渐离、朱家、郭解之风，喜欢当游侠。恰好，辛亥革命爆发，南京也乱成一团，这给他提供了施展身手的机会。他在南京组织了一支"革命自卫军"。1911 年 12 月 2 日，徐绍桢率军攻克南京，胡翔冬任地方保卫团总办，负责维持南京城南一带的治安，骑马带枪，好不威风，总算让他过了一回当豪侠的瘾。革命胜利后，他"解甲归田"，回到大学里来当起了教授，而且是专教诗学的教授。从民团头目到诗人教授，这两种身份过渡起来，居然没有一丝缝隙，确实稀罕。

第二怪是他的诗风怪。在诗学上，胡翔冬是陈散原（三立）的弟子，虽然他的诗风与陈散原颇不同调。据他的侄子胡健中回忆，胡翔冬曾经说过："散原先生语我，世人指其继承江西诗派，实属太冤。我谓世人亦诬我诗学先生，岂非更冤。"他的诗自成一家，风格清苦怪奇，颇有孟郊、贾岛之风。诗集中如《读抱朴子》《记梦》等篇，很明显是郊寒岛瘦的路子，还有一些卢仝的怪。

第三怪是他的爱好怪。他特别喜爱牛首山，明明知道那里多有盗贼，还是喜欢到牛首山去，乐此不疲。倒不一定在春天，有时是夏天来，有时是秋天来。他写过《夏夜牛首山中呈散原老人》《七月晦日牛首山房坐雨戏成小诗寄仲英》，夏日里住在山里，可以避暑，图个清凉。他也写过《秋夜自祖堂归牛首山寺》《八月十四日夜同岷原入牛首越三日游犊儿矶明日泊烈山阻风遂宿野人家纪以此诗》，这是写秋游的。入山的目的，有时是为了望月，或者看云，《普觉寺上方观云》，是入山看云，自是悠然闲适；《大雷雨宿牛首观音洞夜半月出独酌成诗》一首，则是雨后月出，洞中望月，这种清冷枯寂之境，只有他这样爱酒的诗人才能消受。有一年五月十一日夜里，他喝醉了酒，不慎坠下牛首山绝壁，伤势不轻。才过四天，有朋友携酒来问疾，他又兴致勃勃，逸兴腾飞地作起诗来了。他还有一首诗，题为《天民于旧书中得牛首红叶占二十八字其意颇愤盖畏盗而不敢往视也作此奉调》，可见牛首山不止有盗贼，也有红叶，红叶不是栖霞山的专利。

胡先生与牛首山僧人的交情很好。他到牛首山，有时就是为了看望那里的和尚。《牛头野樵上人写真咏》是为野樵上人的写真题诗。某一年，牛首山的禅敷上人曾经与他相约到山寺过除夕，因为事先风闻除夕夜可能有盗贼会来，因而原计划取消。这让诗人颇感失落。那时的牛首山中，常有盗贼出没。骑驴行吟的诗人，尽管曾经统帅过民团，此时似乎也没有什么对策。不过，诗人身无长物，即使盗贼上门，也没什么可盗的。有一阵，胡先生心血来潮，想干脆搬到牛首山长住，"一事吟咏"，老同学胡小石笑他迂执。他作诗相答，说得也很妙："酒杯定将去，山鬼与同居。""今以诗为业，天应穷到余。"敢与鬼同居的人，还有什么可怕的呢？

胡翔冬是李瑞清的学生。1920年，李瑞清病逝，其后葬于牛首山。胡翔冬到牛首山还有一个目的，那就是拜谒恩师清道人的墓。李瑞清是江西临川人，卒谥文洁。《辛酉六月十三日牛首山同杜岷原谒李文洁公墓》《同岷原谒临川师墓》这两首诗，诗题中的"李文洁""临川师"，就是李瑞清。

　　胡翔冬爱牛首山的云和月，也爱牛首山的雨和茶。牛首山双峰耸立，好比南京这座都城天然的双阙，这是东晋丞相王导的发明，自那以后，牛首山就被称为"天阙山"。牛首山所产的茶，

胡翔冬手书诗稿

也就得名"天阙茶"。胡翔冬曾以天阙茶赠送给朋友、同事、金陵大学的另一位著名学者诗人王伯沆。

　　胡先生的诗集，名为《自怡斋诗》，1940 年刻于成都，总共才八十多篇（一题多首，仍算一篇）。据我粗略统计，其中与牛首山相关的诗作，就有十四篇，占了差不多六分之一。以胡翔冬先生对牛首山的一往情深，称他为牛首山诗人，他当之无愧。

胡翔冬《埋狗》

　　提起谭延闿，南京人大概还不太陌生。喜欢美食的，可能听说过他是民国一号美食家，谭家菜至今有名。喜欢舞文弄墨的，也许记得他的颜体大字，中山陵碑亭上的鎏金大字"中国国民党葬总理孙先生于此，中华民国十八年六月一日"，就出自他的手书。喜欢游山玩水的，秋日到东郊赏桂的时候，大抵都到过他的墓园。那是在灵谷寺背后不远，一处林壑深秀、泉石佳胜的所在。墓园设计借取自然地势，衬托其曲折幽深，明显是古典园林的风格。

　　环顾民国史，如谭延闿这样的身后哀荣，实不多见。这当然有原因。论家世，他是翰林出身、官至两广总督的谭钟麟之子，不折不扣是显耀门庭，名父之子，官二代，富二代，兼学二代。论功名，他二十八岁即高中进士，授翰林院编修，是湖南历史上第一位会元，差一点中了状元。谁也不能否认他的读书本领，那是一流的。可是，要比起他的处世工夫，这就是小道了。谭氏一生最大的长处，其实是观察政治风向，善于通权达变，与时推移，长袖善舞。从支持清廷新政，到组织"湖南宪政公会"，到当上湖南咨议局议长，再到附和辛亥革命，出任湖南都督，似乎时世越是动荡，这个"不倒翁"越是得意。常言说，形势比人强，在谭延闿，似乎倒过来，变成人比形势强，这是不容易做到的。

1912 年，谭延闿才加入国民党，不算早，可是，他与孙中山、黄兴以及蒋介石、汪精卫、胡汉民等人周旋，却能左右逢源，真见本事。当时就有人称他为"药中甘草"，意思是说，不管什么人，不论什么形势，都少不了他。这当然是讥笑他，但说实在的，能当上"甘草"也不容易。所以，十几年工夫，他就混到了国民党中央政治委员会主席、国民政府主席、行政院长等职。据说，还有好事者送他两个外号，一个是"混世魔王"，推他为混世的领袖；一个是"水晶球"，比喻他为人溜光圆滑，玲珑剔透，这两个比喻很形象，就是有些尖酸刻薄。

更尖刻的还在后面。1930 年 9 月 22 日，谭延闿突然中风，病逝于南京。上海有小报刊登一副对联，极尽嬉笑怒骂之能事，语意最是刻毒：

　　　混之为用大矣哉！大吃大喝，大摇大摆，命大福大，大到院长；

　　球的本能滚而已！滚来滚去，滚入滚出，东滚西滚，滚
　　进棺材。

很明显，这副对联不仅嵌入"混世魔王"和"水晶球"这两
个外号，而且，上下联嵌头二字"混球"，是骂人的粗话。这么
肆无忌惮，可见作者对谭延闿是如何鄙夷痛恨。

谭延闿死后，丧事大办，极一时之隆，相当张扬。这当然出
于蒋介石的授意与支持。时任金陵大学教授胡翔冬先生气愤不
过，就写了一首《埋狗》诗，冷嘲热讽。诗收入其诗集《自怡斋
诗》。时过境迁，大多数人已不了解此诗的背景，趁此机会摘录
几句，略作解释。

诗一开头说："敝盖埋狗载《檀弓》，丘也家贫席而封。群儿
狡狯不问礼，乃敢奢葬夸三公。"据《礼记·檀弓》载，孔子养
的狗死了，只是用破席破车盖之类的废弃物，草草掩埋了事，而
今大肆操办丧事，有违儒家礼制。诗中特别提到"三公"，是有
意影射谭氏行政院长的身份。

诗接着写道："是日官道如垓下，楚人何多围重重。青衿
执绋革履滑，白旗罻纸掀秋风。愈梁下坂捶大鼓，敔以女乐雌
声雄。"谭氏是湖南人，所以，这里特别以"楚人"暗喻，并
以"垓下败亡"致讽。"青衿"以下诸句，是描写葬礼场面，"大

鼓""女乐"等，都是讽刺其仪式不伦不类。

接下来，"北山英灵变死气，林惭岂独桂与松。或云狗相上之质，德非狸德惟无功"。北山即钟山，为谭墓所在，这是借用南朝孔稚圭《北山移文》的典故，表示有谭延闿这样的人埋葬于此，钟山一花一木，莫不羞惭无地。"狗相"二句虽然典出《庄子》，但其字面也有影射行政院长之意。

下面还有这样几句："又云生小走百里，声名已溢天南东。九重圣人育万物，小善一艺无不庸。"前两句是影射谭氏少年得意，早岁名闻东南，"小善一艺"可能就是指其善于书艺。

诗篇最后感慨道："国乱无象物亦尔，留命莫学多言穷。独不见楚庄马死优孟哭，葬以君礼隆更隆。"诗人一方面告诫自己，莫要过于激愤，多言贾祸，要活命，还是少说为妙；但另一方面，他又按捺不住，仍然借《史记·滑稽列传》所载楚庄王故事，再次讥讽。

胡翔冬名俊，行三，人称胡三怪，少好豪侠，壮从清道人、陈散原学诗，诗风险怪，愤世嫉俗。据说，民国初年，他曾印发了一百零八首狗屎诗，还有另外一些专门取材于肮脏之物的诗，大概也是有激而发，可惜这些诗不见于《自怡斋诗》，详情不得而知。总之，敢作诗骂前国民政府主席、行政院长是一条狗，要有不一般的胆量。当然，此诗真正针对的，倒不一定是"狗"，而是"埋"这件事及其执事者。1940 年，这个愤世嫉俗的诗人在成都去世，学校当局曾向行政院请求一个表彰，没有得到批准，可能就与此诗有关。先师程千帆先生生前曾跟我说过此事。

"绝怜高处多风雨，莫到琼楼最上层。"谭延闿的确是到了"琼楼最上层"的，自当明白"高处多风雨"的道理，而且，这种风雨，无论生前身后，无论主动还是被动，只要是因他而起的，他一概都得承受。

第四辑

胡翔冬先生传略

　　胡翔冬先生（1884—1940），名俊，字翔冬，以字行。先世安徽和州（今安徽和县）人，太平天国乱后迁居南京，遂为南京人。二十岁入泮，旋与胡小石先生同入两江师范学堂，受教于学堂监督临川李瑞清先生。光绪三十四年（1908），翔冬先生自两江师范学堂毕业后东渡日本，入早稻田大学学习农学博物分类科，宣统二年（1910）学成归国，被李瑞清先生聘为两江师范学堂教习。27岁的翔冬先生开始登堂讲学，课堂上常有奇言瑰论，震惊四座。李瑞清先生因为他排行第三，遂戏称他为"胡三怪"，同门弟子等也跟着这么叫，"胡三怪"之名很快就传扬遐迩。翔冬先生不以为忤，反而顺水推舟，自称"好怪"。他的诗作《春日闲居十首》第一首开篇便是："窑湾湾上住，好怪信人言。""窑湾"是翔冬先生在南京城南的住处，"好怪"就是他的自称。

翔冬先生年轻时追慕荆轲、高渐离、朱家、郭解等侠士，其为人行事，也大有任侠之风。辛亥革命爆发，南京也乱成一团，这给他提供了施展身手的机会。1911 年 12 月 2 日，徐绍桢率军攻打南京，翔冬先生在南京组织了一支"革命自卫军"响应，雨花台清军闻风逃散，南京光复。翔冬先生遂被委任为地方保卫团总办，负责维持南京城南一带的治安，发挥了他在组织领导方面的实干才能。辛亥革命后，时局动荡，军阀混战，国无宁日，翔冬先生无意仕途，回归讲台，执教于江苏、安徽等地的多所中学师范。例如，民国初年，他曾在位于滁州的安徽省立第十一师范执教，教授国文与植物学两门课程，并担任教务主任。植物课上，他为学生讲解当地草木物产情况，课余经常率领学生到野外采集植物，制作标本。国文课上，他展现的则是诗人本色。入民国后，翔冬先生乃专力学诗，并向陈三立先生请教，诗境大进，学校周边的醉翁亭、丰乐亭以及西涧等地，都留下了他携酒吟诗的身影。

1926 年秋，经胡小石先生介绍，翔冬先生入金陵大学中文系执教，历时 14 年。1937 年秋，日寇大举进犯，翔冬先生在窑湾的房子被日机投弹击中，他幸免于难。其后，他为避战乱离开南京，颠沛流离，最终拖着病体随金陵大学内迁到四川，"漂泊西南天地间"。1940 年 11 月 9 日病逝于成都，享年 57 岁。金陵大学文学院编辑出版的《斯文》半月刊第一卷第八期，是胡翔冬

1926年冬月，胡翔冬（左八）、胡小石（左五）、陈延杰（左三）等摄于南京清凉山

先生逝世纪念专刊，荟集了不少怀念回忆文章以及挽词，对了解翔冬先生生平学术极有帮助。

金陵大学虽然是一所教会大学，却非常重视中国传统文化的教学与研究，其时任教于该校的有胡小石、黄侃、刘国钧、陈中凡等文史名师，师资力量堪称雄厚。翔冬先生厕身其间，讲授诗学。他上课极为认真，自言"余每授一新课，恒利用暑假作准备，虽汗流浃背，每日必工作四小时方始休息"（高柳桥《哭怪师胡翔冬先生》）。他授诗的课本，既有自编的断代诗选，如八代诗选、唐宋诗选，也有前人选本，如清人李怀民《重订中晚唐诗人主客图》，还有杜甫、韩愈、苏轼等专家诗。他很重视《重订中晚唐诗人主客图》，尤其重视其中所隐含的诗派源流。讲诗不易，盖因诗学多有只可意会而难以言传者，翔冬先生讲诗从不自秘其学，总能使玄悟者传之，艰奥者发之，"譬比万端，庄谐杂作，使不知诗者闻之，亦皆欣然兴起"（佘贤勋《翔师谈诗述略》），因此极受学生欢迎。他提出作诗要漂亮，不能太老实，也不能太通，选词用字要注意合色，讲究章法和配搭，等等，都十分具体实在，对从学者启示很大。他特别强调"习诗者能说不能做，终究差一层功夫"（同上），因此，对于督促与指导诸生作诗用力甚勤，对学生交上来的习作点改斟酌，煞费苦心。学生中，高文、佘贤勋、吴白匋、沈祖棻、程千帆等人后来都在诗歌创作与诗学研究上取得了突出的成就，这与翔冬先生的教导分不开的。程千帆先生晚年在南京大学倡导主持唐宋诗派研究，隐然仍可看出翔冬先生的影响。可惜的是，翔冬先生的说诗讲义未见刊行，不知其遗稿尚存天壤之间否？

翔冬先生"余事作诗人"。一般人容易这么想：既然他是陈三立的弟子，诗风亦应相似。事实上，翔冬先生曾经说过："散原先生语我，世人指其继承江西诗派，实属太冤。我谓世人亦诬我诗学先生，岂非更冤。"他的诗长于五言，其中充满了爱国之情、忠孝之心、任侠之气以及嫉世而不厌世的个性。前两者体现了他受传统儒家思想的影响，后两者则更多呈现了他的个性，也吻合世人对他的"怪"的印象。他提出诗人要能以天地为刍狗，突破时空的局限，广泛取材，既要气机圆活，又要义法谨严（高文《读自怡斋诗》）。至于其诗风，其友人、中央大学教授汪辟疆先生评为"又漂亮又狠，可方美女杀亲夫"，这一品评最为生动形象。入川以后，遭逢离乱，他的诗风一变，"惟感时伤逝之音，往往沉郁低回，令人不忍卒读"。陈三立题其诗稿，称"沉思孤往，窈冥幽邃，殆欲追晞发而攀无本"（吴征铸《翔冬先生遗事》）。"晞发"指留下《晞发集》的宋末诗人谢翱，其诗注重苦思锤炼，既沉郁蟠屈，又雄迈激越，善于曲折达意，时造新境。"无本"即晚唐诗人贾岛，贾岛曾出家为僧，号无本。翔冬先生诗风格清苦怪奇，颇有贾岛之风。诗集中如《读抱朴子》《记梦》等篇，很明显是苦吟锤炼的作风。他的诗个性风格突出，时人称为"翔冬体"。刘禺生曾作《溪楼大雨将至效胡翔冬体》，陈三立《散原先生集》中与胡翔冬唱和之作，也多效其诗体，可见其影响。

　　翔冬先生爱酒，也嗜茶，但他最大的癖好是作诗，自称："今以诗为业，天应穷到余。"他喜欢牛首山的清寂野趣，喜欢与僧人交往，诗集中与牛首山相关诗作最多，宣称："酒杯定将去，山鬼与同居。"1920 年，李瑞清病逝，翔冬先生与同门葬师于牛首山，庐墓于此数年。他在南京时曾刊印诗集，即以《牛首集》为名。他为人"不喜酬酢"，为诗"不喜标榜"，不喜炫人以求俗世之名，只为自我怡情，故其诗集名为《自怡斋诗》。抗战军兴，吴梅先生携家避地于后方，1939 年 3 月不幸卒于云南，年仅 56 岁。翔冬先生与吴梅同龄，闻讯颇有震动。在金大同门弟子的极力怂恿下，他才同意抄其诗作，编成《自怡斋诗》一卷，总共才八十多篇（一题多首，仍算一篇）。1940 年仲夏由金陵大学文学院刊行，线装一册，由成都宝墨轩杨子霖书镌。其入川以后诗作皆未入集，至其删落者更多，后来其门弟子辈又抄有《自怡斋诗续钞》十五篇，1989 年，其及门诸弟子重印《自怡斋诗》于南京，已将《续钞》补入，其侄子胡健中作跋。但这两种版本都流传未广，此实为近代诗坛之憾事。

名教授秋游牛首

　　民国时代的金陵大学，是一所有名的教会学校。校园里有礼堂，专供师生们做礼拜用。不过，倘若就校园文化而言，金大其实保留了很多中国的传统，校中的师生关系，尤其是中文系的师生关系，就散发着浓郁的中国人情味。那时金大中文系的学生们，跟着老师听课，跟着老师学诗，也跟老师郊游，还跟老师喝酒。不用说，酒钱都是老师出的。读黄侃先生和吴梅先生的日记，都可以看到这样的活动，那是老师方面的记载。读吴白匋（1906—1992）的诗词集，正好有几篇诗作，可以看作诗体游记，并从中体会学生的感受。

　　民国戊辰年也就是 1928 年，吴白匋 22 岁，是金陵大学中文系三年级的学生。农历九月十五日，也就是重阳节之后六日，胡小石、胡翔冬等几位教授，带着几个学生，同游牛首山，同饮普觉寺。吴白匋也在其中。此行归来，吴白匋写了三首诗：《戊辰九月十五日随翔冬师南雍诸先生游牛首山同饮普觉寺》《牛首东峰看月》《下牛首山口占调冀野》。他们这一行共有八九个人，除了两位胡先生外，还有中央大学教授闻一多、宗白华和陈登恪，都是后来大名鼎鼎的人物。同去的学生辈中，则有卢前。卢前字冀野，也是一位奇人，身材肥硕，脸圆如月，看吴白匋打趣他的诗句，可以想见一二："笑脸团红一戳髯，逢人便说我卢前。松冈眇马依驴后，揽辔彷徨不敢鞭。"

南京人常说"春游牛首，秋游栖霞"，这次游牛首山，却是选择在秋天。那天是星期六，重阳节刚过，估计此行的主要目的是登高。吴白匋的三首诗中，第一首最长。开篇两句是"孕媚双鬟遥，四春小窗窥"，把牛首山比作妖媚的妇人，"双鬟"自然是指牛首双峰，"破塔跃峥嵘，犹奋唐时笔"是写寺中的古塔，也很生动。这种比喻，这副笔墨，堪称得到乃师胡翔冬先生的真传。

寺僧见到这一行名士到来，热情招呼，又泡上野茶相待。看到这群人中有书法家胡小石先生，他们又邀请胡先生留下墨宝。小石先生也不推辞，笔走龙蛇，给他们题了一副楹联，据说其中有"桃花水一湾"之句，至于完整的对联是什么，似乎未见记载。被学生称为"怪师"的胡翔冬，蹲在一条长凳上，兴致勃勃，大声谈笑，自曝"隐私"：想当年，他曾经在寺庙的大雄宝殿中喝酒吃肉，酒醉之后，堕落牛首山绝壁，虽然伤得不轻，所幸没有大碍，反倒成了牛首山的一段佳话。

闲聊内容海阔天空，其中应该有乡野闲谭，更有"海国奇闻"。几位老师大都留过洋，胡翔冬留学东洋，闻一多、陈登恪、宗白华三位先生都曾留学西洋。其中，闻一多留学美国，陈登恪留学法国，而宗白华留学德国。陈登恪谈起他在巴黎的见闻："或炫花都春，香浪万蟠溺。百寻铁塔影，如浸玫瑰汁。"巴黎高耸入云的埃菲尔铁塔，还有香氛弥天的花都春天，让年轻的吴白匋久久难忘。曾经留学德国法兰克福大学和柏林大学的宗白华先生，则大谈柏林，尤其是柏林的黑麦啤酒："或伤柏林秋，桶倒麦酒黑。珠灯埋杀气，败红舞狼藉。"好酒的胡翔冬听了，一定心驰神往。

正聊得热闹，忽然寺外远处传来一阵鼓乐声，声音越来越近，也越来越响，原来是一队迎亲的人马，正逶迤从山边走过，喧闹声震动山门。"这真是田家乐啊！"面对此情此景，不知这几位文人雅士会不会发出这样的感叹？

卢前、吴白匋后来也当上了教授，而且是名教授。1928年的这次牛首山秋游，当之无愧是名教授的秋游。

透过大树山房的诗窗看南京在闪亮

2008 年，上海古籍出版社出版了吴寿彭的《大树山房诗集》。吴寿彭（1906—1987），无锡人，毕业于上海交通大学机械工程系，早年从事实业。1957 年后，专力从事古希腊先哲著作的翻译和出版。吴寿彭酷爱中国传统文化，对古代诗词也情有独钟，《大树山房诗集》是他的遗作。透过大树山房的诗窗，可以看到，一座城市在二十世纪的大幕之下闪闪发亮。

这座城市就是南京。

1928 年，年轻的吴寿彭路过南京，住在友人束秋涛家里，束家即在胡园，亦称胡家花园（即愚园），位于南京老城南的门西。那时，南京作为民国新都，还在建设之中，百废待兴，诗中所见，只有六朝旧迹，而没有多少新都气象。《秣陵寓胡园束秋涛书斋》：

映窗慈竹尚蒙茸，已坏园池付晚蛩。

无事冶城求断镞，若从津渡问前踪。

横塘吟共残蝉歇，巷口不期旧燕逢。

知我关情何景物，相烦指点六朝松。

五年之后，首都南京已经像个样子，可是，东北"九一八"的枪声，震醒了新都人的甜梦；东南淞沪的战火，照亮了日寇侵华的野心。在这样的时刻重过南京，心情不免沉重："淞沪烟销兵后火，秦淮歌彻月华明。""巢幕公卿方整暇，偏安莫是误苍生。"这是写于1933的《自故都还过金陵》。1936年《仲冬寓金陵中山公园》，心头自然更是忧云密布："窥塞辽金思抵隙，当朝洛蜀莫相倾。戎行统漠归还日，多难倘能众意平。"

雷雨前的沉闷是最难受的，不如痛痛快快，干脆来一阵电闪雷鸣、大雨倾盆。1937年的《丁丑八月十四日自武昌下金陵》诗中，就能听到这样的雷电之声："既决兵兴始，不期焦土如。山河耐百战，终当一车书。"《九月再自武昌下金陵回无锡重还武昌江上作》则说："扣舷呼祖逖，多难起雄才。"一场大雨洗礼之后，到来的是大好晴天，一般人总是这样期盼着。

抗战胜利之后的平静是短暂的。1947年《入都有赠》，作者不欲明说所赠对象，自有其不得已之处，值得好好参详：

尝恐铜驼棘子寻，喜看棘子已成林。

城头试认无情柳，停艇湖边就午荫。

骨朽其人若所求，师曹传习肯全休。

相逢虫跃花飞候，心绪使君懒上楼。

1949 年的《赠别》，是写于"浠水徐复观自南京过秀州，辞别赴香港"的背景之下，细味诗句，心事重重之时送别友人，千言万语，欲说还休：

关梁今一别，何日再来过。

避地谁同语，登楼独乖哦。

殊方异气候，去矣慎风波。

恨黯千行泪，春寒万里艖。

一场翻天覆地的巨变之后，重过金陵，如陆机入洛，宜有辩亡之论；庾信北行，世传哀恸之诗。这是 1951 年的《重过金陵》，心情颇为复杂：

园亭还是旧风光，赢得豪华再辩亡。

门巷回车求故辙，江山负手着新凉。

抚残陵谷秋深树，泣下塓城雨后螀。

诵到兰成哀动句，世人宜不薄齐梁。

"世人宜不薄齐梁"，这话大有问题。不薄齐梁，难道要薄汉唐吗？很显然，这是一句牢骚话。这样的牢骚也明显不合时宜，在新时代里，这种政治态度是十分危险的。作者后来的经历也证明了这一点。

最后一篇关于南京的诗作，已经到了 1980 年。《庚申夏至钟钟山老先生城南故居》：

> 存仁养默自操持，岁晚城南未觉迟。
>
> 儒雅风流谁独守，典型匡世自浇漓。
>
> 对吟沧海如前日，摩字丰碑衍后期。
>
> 惋兹羸骖来去惯，重经门巷欲长嘶。

钟钟山先生即钟泰（1888—1979），是出生于南京的民国著名学者，相当博雅多学。他曾经任教于南京、上海等地多所大学，一生教书育人，著述颇多，晚年为上海文史馆馆员，后落叶归根，死后葬于南京花神庙祖茔。现在知道他的人已不多了，翻一翻近年出版的《民国南京学术人物传》，居然没有他的名字，就可以知道他身后的寂寞了。

民国版的"听我韶韶"

1945 年，邓文如（之诚）先生陷在北平。四年前的 12 月 27 日，他与洪业等燕京大学教授被日本宪兵队逮捕，投入陆军监狱，关押数月之后才被释放。他从此失去了工作，只能靠卖书借贷而艰难度日。尽管如此，面对日本人的威逼利诱，他从来没有低头。这一年的 5 月 10 日，他从报纸上读到一条新闻，不禁引起乡关之思，也兴发了家国感怀：

> 报载南京门西（中华门内以西，升州路两侧）茶肆甘松筠说报，绘影绘声，妙绪泉涌，听者忘倦。日本宪兵以其惑众，拘之，则所说皆根据各处报纸，无一臆语。驱之往雨花台，云将枪毙，至则读《方孝孺碑》，问："不惧乎？"曰："死既分定，惧又奚益？"问所读何碑，则背诵之，如瓶泻水。宪兵瞠目，惊为未有，释系纵之，甘又往说报如故

矣。晨、晚各说三小时，晨可得四百人，晚半之。人出茶资百五十元，甘取十之六，月得百万元，合此间准币为十八万元，若以千值一计之，月入亦只二百元耳。（《邓之诚文史札记》，第 293 页）

《邓之诚文史札记》书影

对一条报上的新闻复述得如此详细，在文如先生的日记里，差不多是绝无仅有的。这条新闻所记的，其实是一个读报人的故事。"读报"，今天很多电视台都有类似的节目，虽然读法各有不同，但大体上都是读一条报上的新闻，再作几句发挥，尽量贴近当下生活的热点，说些老百姓关心的话题，语言也尽可能通俗浅易，甚至用本地的方言。比如，南京电视台的"听我韶韶"，已经火了好几年，就是这样一档节目。主持人用南京话说，本地人听了，感觉格外亲切。甘先生在茶社读报，或许也会用南京话，或者用带有南京腔的官话，那就不妨说是民国版的"听我韶韶"。可惜那时没有电视，茶社的传播终归有限，否则，甘先生要成大明星了。

甘先生说书的茶馆，就在当时长乐街，靠近新桥，一家名叫"万全"的老茶馆，民国时代颇有名气。甘先生就是这里的说书人，他说书的历史很长，抗战爆发前，就以此道谋生。据说他是金陵大学毕业，博闻强记，英文也不错，最大的特长是说新闻，说得绘声绘色，还敢言人所不敢言。他能将《方孝孺碑》背得滚瓜烂熟，表明是颇读过些书的。可能当时报纸的报道也略有些夸张，但能对新闻作那么多、那么精彩的发挥，早晚各三小时，而且是唱独角戏，谈何容易！别的不说，光是找那么多素材，还要hold得住几百号听众，让大家心甘情愿，掏钱进茶社，就不是简单的事。要说南京毕竟是民国的故都，当然，在1945年5月那会儿，它只能算是"伪都"，纵然如此，那茶社里来来往往的人，也跟其他地方的人品位不太一样吧。

甘家曾经是南京的大家，至今南京城南，尚留有甘家大院，供人凭吊其昔日的繁盛。不过，这位甘松筠先生，与甘家却没有关系。据说他的原籍是安徽安庆，甘松筠是他的大号，外号叫甘眊子。一天六小时，收入如此微薄，干如此辛苦的营生，是乱世草民的悲哀。战前，他就因议论时政，昌言无忌，被警备部抓过，这次抓他的是日本宪兵队，很受了些苦，幸而后来又放他出来，这下他的名声更大了。能在宪兵的枪口下，从容背诵《方孝孺碑》，非有不同寻常的气节不行。当时就有人把他比作明末那个著名的、同样很有气节的说书人柳敬亭，还有人作嵌名联相赠："松骨嶙峋，涵盖两间正气；筠节高古，凝结百世精神。"对这样的人，邓先生是真心崇敬的，我也是。

可惜的是，甘松筠有阿芙蓉之瘾，辛辛苦苦挣的钱，都砸在这上面，他也为此被关过监狱。1949 年，他以收听敌台、造谣惑众的罪名被逮捕，1951 年 4 月 29 日，在"镇压反革命"运动中被枪毙。今日读到这则旧闻，回想其平生，歔欷难禁。

邓文如先生谈南京文献

邓文如（1887—1960）先生，名之诚，号文如居士、明斋、五石斋，是当代著名学者、历史学家。他从事教育垂五十年，曾任北京大学、燕京大学等校教授，著有《中华二千年史》《清诗纪事初编》《骨董琐记》等，其学问以渊博宏通著称。文如先生的祖籍是江苏南京，道光年间曾任闽浙总督的邓廷桢，就是他的叔曾祖。有一次，他去拜访陈垣，陈垣送他一把有邓廷桢题字的扇子，原是梁鼎芬收藏之物，文如先生非常高兴。文如先生本人虽然出生在成都，成长于云南，对他的祖籍之地南京却念念不忘。他曾在著作中自称"江宁邓之诚"，就是公开的表态。

文如先生的哲嗣邓瑞教授，曾执教于南京大学，与我有同事之谊，若干年之前，曾在会议场合见到过。前些年，邓瑞教授将文如先生的日记整理之后，题为《邓之诚文史札记》，由凤凰出版社出版。此书谈书论人，吟诗作文，既见学问，又富性情，内容甚为丰富。这里只就其中涉及南京地方文献的几条，来谈一谈。

文如先生一生喜欢逛旧书店，喜欢收藏，更喜欢博览，可谓兴趣广泛。他对照片以及其他图片之类的文献，特别感兴趣，因为图片可以从一个特殊的角度，考证人事的变迁。对有关南京的图片，他自然也不会放过。当年，北京有个专门经营旧像片的商人，叫"像片张"，经常拿些旧照片，到文如先生家来兜售。有一次，文如先生收到英人宝记于光绪十四年（1888）所拍摄的《南京名胜》，对其中的那幅紫金山相片特别欣赏，还遗憾这一组照片中没有报恩寺塔。他也曾读过《金陵名胜图说》，从中了解到北极阁和灵谷寺，都是壬申（1932）以后改建，已非其旧貌。这说明，他对南京名胜是相当熟悉的。

文如先生对南京乡邦文献十分留意。陈作霖是近代南京著名史志学家，毕生致力于编撰地方史志，研究地方文献。有一天，文如先生读报纸，看到有人找到陈作霖《可园备忘录》、沈梓《避寇日记》、倦圃老人《庚癸纪略》等书时，他非常高兴，认为这几种书中都有关于太平天国史事的记载，有很高的史料价值。他对明代南京人周晖的《金陵琐事》一书评价也很高，认为此书"不独轶事可观"，其作者也堪称"高士"。除了轶事之外，他还特别注意到书中所记李贽的事迹，认为李贽的个性与思想，尤其是李贽以《史记》《杜诗》《苏轼集》《水浒传》《李梦阳集》为所谓"五大部文章"的看法，对金圣叹所谓"六才子书"有直接的影响。

查今人杨永泉编撰的《南京文献综合目录》，周晖《金陵琐事》有很多种版本，明万历庚戌（1610）刊本、清乾隆四年（1739）江宁张氏木活字本、清文浩堂张溁补辑本、清光绪江宁傅春官重刊本，1935年中央书店铅印本、1955年文学古籍刊行社本，最晚的则是2007年南京出版社出版的张增泰校点本。各本卷数不同，但最多也只有八卷，包括《金陵琐事》四卷、《续》二卷、《二续》二卷。文如先生发现，《金陵琐事》在《二续》之后，还有《琐事剩语》四卷，只是因为"《剩语》中《祭罗一贯文》诋及建州，成为禁书"，也就是说，书中有一些内容触犯了清朝统治者的忌讳，所以入清以后，这一部分被禁，罕见流传。不仅1955年文学古籍刊行社重印此书未收《剩语》，南京出版社的整理本亦无《剩语》，成为名副其实的稀见文献。南京出版社本《二续金陵琐事》最后一条"千金不变节"之下注明"原阙"，似乎也不完整。《南京文献综合目录》中著录了一种影印本的周晖《金陵琐事剩录》，却没有交代具体的出处。如果有一天，有出版社重印或者重新整理周晖的书，我希望能够将《剩语》补齐。

对于明清易代之际的集部文献，文如先生尤其重视，在他的个人收藏中，这一部分的文献最多，也最有特色。他曾从旧书店携归余宾硕《金陵览古》一册，视为秘笈，可惜此本只存上册，诗作很不完整，他就想方设法钞补。后来，他终于如愿以偿，又从旧书店里找到道光巾箱本《金陵览古》，此本所收录的余宾硕诗是完整的，还附有颠客、和斋二人的诗，可惜和诗水平很差，狗尾续貂，文如先生批评其"恶劣不堪入目"，确实不过分。不过，作为地方文献，亦有存留价值。为了查考余宾硕的生平，文如先生特地到图书馆借阅《金陵诗征》和《江宁府志》，可惜都没有找到相关的信息。

文如先生在札记中，还提到有关宋本《金石录》的一段往事。这部稀世珍本的发现，颇为传奇，据说："南京马世安在中华路北段锦绣坊西口一一三号开纸烟店营生，喜收乡邦文献，宋本三十卷《金石录》即管（其）向甘元焕后人处以约斤之直买得者，初不知其为宋本，继为同伙赵世暹攫得之，以致相争，赵遂献以政府，今书存北京图书馆。"此书久藏于甘氏津逮楼中，不为人知，二十世纪五十年代忽然面世，天壤之间，为之震动。前几年，中华书局又将此本影印，线装出版，我有幸得到一套，虽仅得虎贲中郎之似，亦聊足自适。

黄季刚致胡小石函考释

2018 年 12 月 6 日，南京大学图书馆筹备"胡小石和他的时代——纪念胡小石先生诞辰 130 周年书法文献展"时，古籍特藏部主任李丹在馆藏胡小石捐赠藏书中，发现了夹在书中的黄侃（季刚）先生致胡小石先生信函一件。

今释录其全文如下：

小石尊兄赐鉴：

弟前得金陵校电，本拟即行，而畏和局难成，万一挈家反京后，又须奔徙，则磊砢不堪，故裝回瞻顾，直至今兹，犹不能自决。日内如倭奴就抚，定即遣还。初本拟为洛中之游后再行旋宁，今游兴亦沮。金大授课，思恳兄为代一二门，旭兄为代一门，免致某人或有烦言。若白下非安，兄亦宜速奉伯母大人挈眷累徙善地。窃观时局俏张，忧心如搗。

兄德性学术，朋友所瞻，尤愿时时自保爱也。此请侍安。

小弟侃顿首。三月廿九，即仲春廿三日。

前于宴席曾晤贵内兄杨仲子，谈甚款洽。同人中多有冀兄北征者。

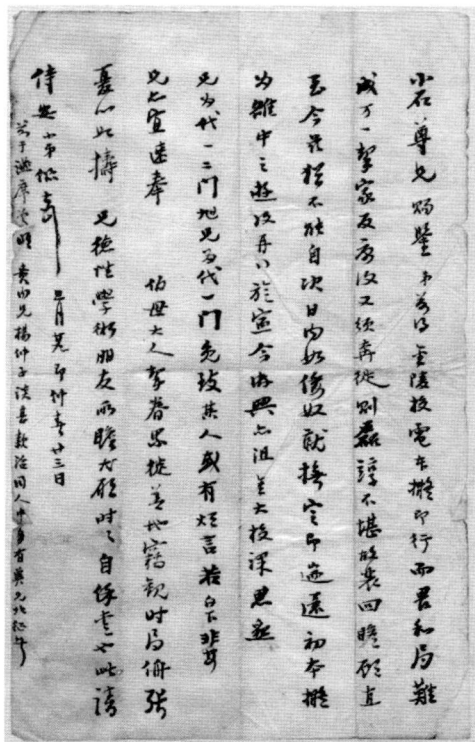

黄侃致胡小石信

今据相关文献，考释以下数事。

第一，此信写作时间

此信末尾未署年份，但标有月日："三月廿九，即仲春廿三日。"根据这个线索推算，是年农历仲春（二月）初一，即公历三月七日。查陈垣《二十史朔闰表》，从1900年至1940年间，符合"农历二月初一，即公历三月七日"这一条件者，只有1932年，亦即民国二十一年，岁在壬申。换句话说，黄季刚先生这封信写于1932年3月29日。查《黄侃年谱》，这一年他47岁。

第二，此信写作地点及时事背景

众所周知，黄季刚先生于1928年辞去东北大学教席，受聘中央大学、金陵大学教授，从此定居南京。现存《黄侃日记》由几个部分组成，其中一部分题为《避寇日记》，自1932年2月1日到5月29日，前后计一百二十日，5月29日日记中所谓"此行十二旬"，即指此次避寇之行持续时间。此信为考察季刚先生的避寇之行提供了宝贵的一手资料。

1932年1月28日，"一·二八"淞沪抗战爆发。《黄侃日记》1932年1月29日记："晨阅报，知上海昨夕已与倭奴应战。"30日："见报载，蒋氏（蒋介石）通电有云：'为国家争人格，为民族求生存，为革命尽责任。抱宁为玉碎、毋为瓦全之决心，以与此破坏和平、蔑弃信义之倭奴相周旋。'"其时，日舰逼近下关，战争的气氛也笼罩着作为民国首都的南京，民国政府旋即决定暂时迁都洛阳，黄侃也不得不思考对策。

2月1日日记载：

> 是日昧爽，假寐床上，思避兵之策。一缘藏书过多，费数年心力，始将有用书籍，渐次搜罗，略号完备。一旦舍去，终觉彷徨。二缘昨闻人言，江轮拥挤，虽出重价，难觅一置足之地，且宁既危矣，汉口岂能遂安？三缘妇、子、女、媳，凡有七人，须以一身营护，深忧有失。以此三因，难定行计。旋念先人嗣胤，四兄共存一孙，今亦流离转徙，藐躬父子五人，实系宗祀之重，知危不去，难逃不孝不慈之罪。遂跃然而起，令妻检束行装，令子出询车价，且约门人董文鸾、施章、殷孟伦三君至，以留后事暂托董、施，嘱其见险即行，不须复顾书物。（《黄侃日记》，江苏教育出版社，1999年，第755页）

当天下午，季刚先生即携家眷自下关渡江，至浦口车站，当夜乘车北上。出发前，他还遭遇"江上炮声猝发""市内电灯全灭"的险情，次日黎明，车至浦镇，"炮声久息，地亦去江稍远，心始小安"。

2月4日午后四时，季刚先生及其家眷安抵北平，住在其妹家。次日即辛未年除夕，季刚先生作《辛未除夕和苏子瞻除夕野宿常州城外诗二首》，诗中有"途穷历尽两非悲，只恨支天力已微"的感叹。换句话说，2月1日离宁赴京之日，已是辛未年腊月二十五日，若非出于形势万分危急的判断，他绝不会抛下多年积蓄的藏书，在年关之际携家避寇。

2月6日是壬申年正月初一。旧日弟子陆宗达、骆鸿凯等人来拜年，给季刚先生带来了一些安慰。7日，季刚先生"见报载，南京美领事令其侨民离京，略称京沪路、江路、津浦路南段交通均有中阻之势，益以予举家得从炮火中出险来平为天幸也"。两周之后，他的老师章太炎先生也逃离上海，到北平来避战乱。可见当时沪宁时局确实紧张，以致章、黄二先生同有避乱之计，季刚先生愈发庆幸自己作出了正确的决断。

京城学界听说章、黄二先生来京，纷纷安排饭局，宴请两位先生，各大学及学术机构也利用这一机会，请章、黄二先生讲学。有意思的是，章先生讲学之时，季刚先生经常陪同，并主动承担"重宣"之责——所谓"重宣"，就是把口音较重的章先生的讲学大旨再重复宣讲一遍。

能够随侍老师身旁，是季刚先生此次避乱岁月中的一大幸事。值得注意的是，这封信中用到"磊砢"一词。查《辞源》，所谓磊砢，犹言累坠、累赘。《说文解字》释"砢"字："磊砢，重聚也。"章太炎在其《新方言》中解释道："今谓物之重，事之艰，皆曰磊砢，或为累坠，皆一语也。"即此用词之一端，可见其受章先生学术之影响。

2 月 29 日，季刚先生收到从南京转来的信，国民政府聘请他参加将在河南洛阳召开的国难会。他本来有意赴会，参议国是，但是，3 月 29 日日记载："见北平《晨报》载，国难会议不得议有关国本改革政治基础之事，知彼曹欲与国偕亡，尚可谏乎？赴洛之意，于是沮矣。"4 月 2 日日记："午赴银行公会与诸会员议不赴洛，且发宣言。"与胡先生信中所言"初本拟为洛中之游后再行旋宁，今游兴亦沮"，即指此事。

季刚先生离宁之日，尚在寒假之中，而进入二月下旬，南北大学相继开学。2 月 26 日，他收到金陵大学常信一封，又收到胡先生快信一封，次日，又收到金陵大学寄来二月份薪水，28 日，又收到胡先生的快信。日记中没有明言这些信件的内容，但可以确定，其时他与金陵大学、与胡先生之间一直保持着联系。3 月 10 日深夜，季刚先生接到金陵大学催归的电报，次日，金陵大学又寄来三月份的薪水，这显然是委婉地再次催促其南归。推想前几天金陵大学来电，也当与催归有关。季刚先生只好"复金陵校电，云将归又病，略痊即行"。查日记，从 2 月 18 日到 24 日，他确实生病一周，复电所云是实情。

北平居，大不易。3 月 1 日，季刚先生盘点前此一个月的开销，竟然高达 890 元，不免有"旅食何以为继"的忧虑。这时，学界友好纷纷伸出援手，或邀其讲学，如吴承仕、骆鸿凯邀请他去中国学院演讲，东北大学邀其讲学，尹石公甚至介绍其去其他学校任教，章先生也帮他制订了诗文润格，等等。他在中国学院的讲学所得多达 300 元，这些当然对他的生活不无小补。

然而，这也引起一些物议。3 月 9 日，陆宗达来季刚先生住处吃晚饭，饭后谈到"或人传言毁予"之事。这个"或人"，很可能就是此信中所谓"某人"，日记中所谓"传言"，盖即信中所谓"烦言"。至于"烦言"的内容，大概是指责季刚先生既领取金大、中央两校薪水，却滞留北平不归而耽误两校课程之类的话吧。

第三，胡、汪、黄三先生的交谊

至 1932 年 2 月，季刚先生已在南京执教四年。其时，在中央大学和金陵大学两校任教的陈汉章（伯弢）、王瀣（伯沆）、胡俊（翔冬）、胡光炜（小石）、汪国垣（辟疆）、汪东（旭初）、王易（晓湘）、柳诒徵（翼谋）等先生，相与结社唱酬，诗酒风流，后世传为佳话。例如，1929 年元旦之日七老在鸡鸣寺豁蒙楼联句，就名闻遐迩。

诸老之中，季刚先生与王伯沆、胡小石、汪旭初诸人往来较为密切。王伯沆是季刚先生父亲黄云鹄的学生，论起来是世交。汪、黄二先生同出章先生门下，论岁数，汪先生是师弟。季刚先生与汪旭初的长兄汪荣宝关系也很好。据《黄侃日记》，此次避乱北行，抵达北平正阳门时已是下午四时，当日晚上就"出访汪荣宝，久谈"。2月9日，汪荣宝请黄先生吃饭，并请胡适、黄秋岳、夏蔚如、丁文江等人作陪。客散之后，汪荣宝还拿出自己的《法言义疏稿本》，特许季刚先生"携还细看"（第759页）。即此二事，可见二人关系非同一般。

胡先生小季刚先生两岁，1922年胡先生任教武昌高师时，即与季刚先生同事。至二人同任教于南京，相处甚得。其时，小石先生兼任金陵大学中文系主任，汪旭初先生兼任中央大学文学院院长，故季刚先生此函寄给胡先生，并在信中请求二人分别为其代课，就是因此之故。

此信中提到胡先生的内兄杨仲子。杨仲子是著名的音乐教育家和篆刻家，南京人，其时在北京任教。他原是胡小石先生的同学，宣统二年（1910），胡先生娶杨仲子妹杨秀英为妻，杨仲子遂成其内兄。胡小石曾以次子过继给杨仲子的哥哥杨伯衡，取名杨白桦。据3月12日日记，那天，季刚先生去看望章太炎先生，"遇溥泉访师，与略谈，遂乘其车至硕公处夕食，同座谢寿康、徐悲鸿、陈垣、杨仲子"（第767页）。这里的"溥泉"指的是国民党元老张继，也是季刚先生的老相识；硕公指尹石公，号硕公，其时任教于辅仁大学，日记中有时也称其为石公；谢寿康曾任中央大学文学院院长，是汪东的前任；徐悲鸿、陈垣就不用介绍了。此信末附及的"前于宴席曾晤贵内兄杨仲子，谈甚款洽"，就是指这次聚会。从信末提及杨仲子以及希望胡小石"北征"，都可以看出黄、胡二先生的情谊之深。

第四，"暂销忧患共研经"

即使在"逃难来燕"的日子里，季刚先生也坚持读书日课，"未敢无故辍业，岂曰好学，遣忧而已"。壬申年二月廿九日（1932年4月4日），是他的47岁生日。家人亲友为他祝寿，他有感而发，赋《壬申生日适逢寒食感怀示及门诸子》：

> 今年生日逢寒食，晨坐思亲涕自零。
>
> 万里松楸归路远，一身萍絮世缘轻。
>
> 未须名酒心先醉，数值佳辰冀易星。
>
> 且喜诸君怜我老，暂销忧患共研经。

这首诗晚于此信六天，可以移来描述季刚先生写信时的心情。1932年5月29日，季刚先生回到南京，避乱结束，回归"暂销忧患共研经"的生活。

令人叹息的是，这"忧患"确实只是"暂销"而已，在此后的岁月中，这忧患一直伴随着他们，如影随形。

《蒋公的面子》与胡小石

也许你看过《蒋公的面子》这部话剧。也许你没有。

如果没看过，那么，12月22日这一天，就请来看《胡小石和他的时代》这个特展吧。如果看过了，那就更应该来了：

因为，《蒋公的面子》的主角、蒋公请吃年夜饭的那个中央大学教授——夏小山，带着他的书法、他的藏书和他的一大帮朋友来啦！名贤汇集，比吃年夜饭热闹多了！

《蒋公的面子》讲了一段故事，关于教授的故事，关于中文系教授的故事，关于中央大学（后来成为南京大学）中文系教授的故事。

故事的核心线索，发生在1943年的重庆，当时兼任中央大学校长的行政院长蒋介石，在剧目中被称为"蒋公"，请几位中央大学教授吃年夜饭。其中就有夏小山。他的人设是这样的：夏小山，男，50岁，教授，当时正在内迁重庆的国立中央大学中文系任教，同时也在昆明的云南大学兼课。这样的身份，这样的经历，都与这次特展的主角胡小石相合。稍微有点出入的是年龄，1943年，胡先生已经55岁。胡先生兼任云南大学教授及文法学院院长，是在1940年前后，那时他52岁左右。两人岁数上虽然有点出入，但是大致不差。

时移世异。在剧中另一个情境中，"文革"开始了，老年夏小山再次出场。当年他究竟有没有赴蒋公的宴请，成了他必须要交代、却怎么也说不清楚的一项罪名。剧本人设要前后连贯，1943年50岁的夏小山，1967年就是74岁。所以，晚年夏小山被设定为74岁。在我看来，这个数字还有另外一重意味：1962年胡先生离世之时，刚好就是74岁。如果他活到1967年，那就是79岁。79岁的老者，无论如何，是经不起那场史无前例运动的折腾的。

这是可庆幸的呢？还是可悲哀的呢？

大家都说，德云社的于谦老师有三个爱好：抽烟、喝酒、烫头。这位夏小山教授也有三个爱好：读屈原的《楚辞》、听董娘（董莲枝）的大鼓、吃六华春的烧豆腐。没错，胡小石的爱好正是这三样。

胡先生对《楚辞》有过专深的研究，讲得清兰与蕙的分别，画得出上古战车和房屋的形状。他爱到夫子庙去听一代梨花大鼓名家董莲枝的演唱，有七绝《听歌》诗为证：

第四辑

四座无声弦语微，酒痕护梦驻春衣。

年年花落听歌夜，雨歇灯残不肯归。

他还是个美食家，南京不少老字号馆子，都有他题写的招牌，各家名厨都知道胡先生的大名。南京有一道名菜——"胡先生豆腐"，相传就是他首创的。

君子爱美食，取之有道。夏小山面对美食，也有自己的原则。他认为蒋公没有资格做校长，不配，因此拒绝承认这个校长。所以，他说："还是那句话，蒋公以院长之名请我，我还可能去尝尝鲜；以校长之名请我，我还真不大好意思去。他有当校长的自由，我也有不承认的自由嘛。"

1946年春，素不相识的扬州孝子卞孝萱，向胡先生求诗书翰墨，胡先生二话没说，写了一首诗，分文未取。是年冬，有人请胡先生为蒋公六十大寿写一篇寿序，许以重金润笔，被胡先生严词拒绝。这笔重金，够吃好几顿美食吧。相比之下，年夜饭算得了什么！然而，他都拒绝了！

剧中，夏小山有一位"同庚、同学、同事，两江师范学堂毕业，十几年前在金大是同事，现在又是同事"，他叫时任道。时任道的原型是陈中凡，曾经任教中央大学、金陵大学的陈中凡教授，他也确实是胡小石在两江师范学堂的同学。

剧中有这样一段：

时任道：你当年执意要改变金大的校章。

夏小山：这是十几年前的老黄历了，还翻出来。而且金大校章本来应该改。

时任道：金大校章改不改自有常委会定，为什么怨我？

夏小山：你是校务常委。你信誓旦旦，承诺要帮我。

时任道：我当时是校务常委，可常委又不止我一个。我已经尽力帮你了。

夏小山：你投的是反对票。

这是胡小石、陈中凡这两位老同学之间的轶事，南雍老辈多半耳熟能详。

剧中夏小山还说过这样的话，据说是讽刺时任道的："一篇错误百出的文章还不如没有。嘉兴前辈学者非有真知灼见，不轻落笔，往往博洽群书，不著一字。"

胡小石确实不轻易撰述。诗酒风流，论学慎重，当年任教中大、金大两校中文系的那批教授，大都有此传统。不过，"嘉兴前辈学者非有真知灼见，不轻落笔，往往博洽群书，不著一字"这样的话，其实并不是胡小石说的，它的"知识产权"属于沈曾植，他是晚清极为博洽的一位学者。他还是胡先生的嘉兴同乡，与胡先生的父亲胡季石是乡榜同年，因此对才华横溢的年轻胡小石格外看重，青眼每加，时有教诲。

"历尽劫波兄弟在,相逢一笑泯恩仇。"胡小石与陈中凡终于言归于好。剧中,时任道朗声诵读:

十年骑马上京华,银烛歌楼人似花。

今日江头黄篾舫,满天风雨听琵琶。

这篇脍炙人口的七绝出自胡先生之手,可以算是他的得意之作。夏小山听了,很激动:

夏小山:你还记得!

时任道:好诗。

夏小山:不觉已二十余载。

时任道:那时梅庵先生尚在。

夏小山:忆往年与王伯沆、黄季刚诸人,或坐嚣蒙楼茗话,或泛舟玄武湖,吹笛拍曲,悠然忘忧。如今家国破碎,故人离散,旧境如梦矣。

回忆,使这一幕场景充满了温馨。

一般人都看得出来,胡小石和夏小山,两个人姓名中间都有个"小"字,而且,胡小石斋号就是"愿夏庐",还有一个"夏"字相同。但是,一般人却不一定知道"愿夏庐"的来历,以及它的寓意。

东晋诗人郭璞有这样一首五言《游仙诗》：

> 六龙安可顿，运流有代谢。
>
> 时变感人思，已秋复愿夏。

夏去秋来，时间兀自前行，除了无奈的喟叹，还能怎么样呢？

胡先生说：夏日炎炎，固然可畏，然而到了秋天，回忆起来，夏日却足以令人留恋，人生最感甜蜜的就是回忆，回忆就是让过去的生命，重新活动于眼前。

这是对郭璞诗的精彩解读。通过回忆，可以挽留已然逝去的时光，可以把过去的艰辛转化为美好的回忆。这就是"愿夏庐"的寄意所在。胡先生是一位喜欢回忆过去的诗人，也是一位热爱书写回忆的书法家。

《蒋公的面子》是一种回忆，《胡小石和他的时代》专题展也是一种回忆——让一所大学过去的生命和它的时代重新鲜活起来。回忆给人痛苦，给人安慰，也给人力量。如果错过了看戏，那就来看展览吧。

戏是好看的。也许，展览比戏还好看。也或许，各有各的好看。

孝子的抱团取暖

《胡小石和他的时代》特展中有一件展品，是胡先生写给卞孝萱先生的一封信。卞先生生前任教于南京大学文学院古典文献研究所，是我的老师，也是古典文献研究所的同事。这封信牵出一段南雍掌故，也是一段书坛佳话。

这封信实际上是一首诗，全信内容如下：

扬州卞孝萱，未尝接杯酒。

万里寄纸来，求书为母寿。

奔窜失笔砚，此事废来久。

晴牖延山光，姜芽落吾手。

感子寒泉思，骃骃不辞丑。

它时缄縢发，北堂开笑口。

书成长泫然，小人已无母。

孝萱仁兄索书以娱其慈亲，感赋短韵奉寄，愧不能画也。

丙戌二月，松林讲舍记。光炜。

胡小石致卞孝萱信

丙戌年二月是 1946 年春天。那时，胡先生仍任教于重庆中央大学。这一年的夏天，他才随校复员回南京。

卞先生幼年丧父，母亲含辛茹苦把他抚养成人。不识字的母亲先从邻居识字人家学得几个字，然后回来教给儿子，就这样为儿子打下了识字和读书的基础。成年后的卞先生为报答春晖，曾向当时的学界名流征求诗文书画，献给母亲，为母亲祝寿。

据武维春先生言，卞先生征集到的作品多达数百件之多，时间跨度从 1943 年到 1970 年代，他将这些作品命名为《娱亲雅言》。诗文书画作者，包括齐白石、熊十力、马一浮、陈寅恪、谢无量、陈垣、柳诒徵、宗白华、方东美、邓之诚、吕思勉、钱基博、马衡、胡小石、马叙伦、傅增湘、杨树达、朱屺瞻、张伯驹、竺可桢等，名贤汇聚，琳琅满目。胡先生题赠的就是这幅作品。

胡先生幼年在家，曾受教于父亲胡季石先生。季石先生是晚清举人，曾受教于扬州学派著名学者刘熙载。不幸的是，胡先生11 岁时，季石先生就去世了。一家就靠母亲的手工劳作和房租收入生活。这个经历与卞先生颇为相似。对于卞先生的孝思，胡先生显然非常理解。正是这种同情心和同理心，促使胡先生精心构撰、书写了这首诗。在诗句里、翰墨中，两个素昧平生的人隔空交流，表达了共有的挚念母亲的深情。

无论从内容还是形式上看，这都是一首很有特色的诗。

从内容上看，这首诗有叙述，有描写，有抒情。前六句叙述，交代卞先生来信征求书画的经过，虽处离乱之中，久未亲笔砚，仍然情动乎中，为之赋诗。这是全诗的主体。后六句抒情，引经据典，朴素动人。前后两个六句之间的两句，"晴牖延山光，姜芽落吾手"，则是两句描写，简洁精要。从某种角度上也可以说，全诗14句都是叙事。事情经过背景叙述完了，诗也就完成了——这种写法，好像一首诗刚刚开头，写了个序，就戛然而止，余韵悠长。

从形式上看，这是一首仄韵五古诗，一共14句。我一直在揣测，这首诗是怎么写出来的？或者说，胡先生是从哪一句开始构思的？为什么选押上声有韵？

我想，这首诗最早浮现并且成形的，应该是最后一句："小人已无母。"整首诗的韵脚，很可能就是以此句为基础而确定下来的。而这一句感慨，则来自一篇流传极广的一篇经典古文，也就是《古文观止》的第一篇，出自《左传》的那篇《郑伯克段于鄢》。文中有一个情节，孝子颍考叔把郑庄公赐给他的美食带回家，与母亲分享，这让郑庄公很感动，于是发出这样无奈的感慨："尔有母遗，繄我独无。"郑庄公的话，其实跟"小人已无母"是一个意思。卞先生曾有一方闲章，印文是"小人有母"四字，表达自己向颍考叔学习尽孝之意。他与胡先生通信时钤印此章，胡先生诗中此句，应该是受到印文的启发。

《诗经》里有一篇《凯风》，也是表达这种"寒泉之思"："凯风自南，吹彼棘心。棘心夭夭，母氏劬劳。""爰有寒泉，在浚之下。有子七人，母氏劳苦。"

孝思是人类天性，受到他人的感染和激发，愈发显示出人伦的美好和温暖。物以类聚，一个孝子总在寻找另一个孝子，一个孝子总在激励另一个孝子，一个孝子总在温暖另一个孝子。胡先生的这幅诗翰，印证了《诗经》中所说的：

孝思不匮，永锡尔类。

《胡小石先生诞辰130周年书法文献展》前言

　　1888年，胡小石先生诞生于南京。今年，是胡小石先生诞辰130周年。

　　胡先生名光炜，字小石，斋名愿夏庐、蜩庐，晚年别号子夏、沙公，祖籍浙江嘉兴。他少承家学，早年毕业于两江师范学堂，深得清道人（李瑞清）赏识。其书法得清道人、曾熙指点，碑学精湛，是现代"金石书派"的杰出代表，也是中国现代书学教育的开创者。他学诗于陈三立，诗词兼擅，诸体皆工，七绝尤为高妙。他曾问学于王国维、沈曾植等晚清耆宿，淹通四部，其古文字学、书学、诗学及文学史研究尤其精到。集书家、诗人、学者、教育家等多重身份于一身的胡先生，无愧为一代国学大师。

　　小石先生长期执教于金陵大学、国立中央大学和南京大学，历任三校教授兼中文系主任、文学院院长，南京大学图书馆馆长，传经弘道，立德立言，功在不朽。先生辞世虽已56年，然而蜗庐仍在，著作犹存，翰墨芬芳，文脉悠长。这个悠长的文脉，深深植根于南京大学、东南学术、中国书学教育以及中国文化传承的伟大事业之中。

本次展览围绕书法文献这一核心，展出具有代表性的胡小石书法作品，包括各体创作和临书作品，还有胡先生珍藏典籍、著作稿本、题跋、自书自作诗、题签等。展览精选胡先生师友门生之翰墨书札，既有李瑞清、陈三立、曾熙、吴大澂等前辈，又有王瀣、黄侃、汪辟疆、李小缘等同侪，还有游寿、唐圭璋、程千帆等门生，此师友圈涉及50多位名贤，阵容豪华，足见南雍学术盛极一时。以"书法文献"命题，是要强调书法与中国学术文化的天然联系，强调书法背后深厚的中华优秀传统文化蕴涵，突出胡先生对书法研究与书学教育的贡献。

岁聿云暮，一阳复始。让我们循着先辈手泽，走进胡小石先生和他的时代，它们会像冬至的太阳，温暖我们的心，照亮我们的路。

2018 年 12 月 22 日

第五辑

百年文脉一联牵

现在回想起来，我与先师程千帆先生的结缘，也许是始于对联的。

1982 年春天，我在北大图书馆的现刊阅览室中，偶然翻到那年第一期的《江海学刊》，又碰巧看到老师的那篇文章——《关于对联》，于是拿来读了。文章列举了很多对联，有的短小精悍，有的精妙诙谐，都给我留下了深刻的印象，有些对联，到现在也还记得。那年秋天，我终于下定决心，扔下大学四年所学的世界史专业，义无反顾，报考了老师招收的唐宋文学方向的研究生。也许冥冥之中，是对联给了我这样一份机缘吧。

我那级硕士生只有五个，入学那年，老师已经 71 岁，所以，他给我们上的课程，就安排在他的书房里。那时候，他还住在汉口路 52 号的一栋楼里，二楼上一套两室的房子里。所谓两室，也可以说就是一室一厅，因为那外面的一间就是老师的书房，兼用作客厅，来了客人，就在这里接待。我们上课也就在这里。不上课的时候，老师通常坐在南面的书桌前，开始上课了，就将那把老藤椅转过来，背对书桌坐着，面向着我们开讲。我们五个人分坐两排，一排靠着北面的书架，一排靠着东面的墙壁。如果再多一两个旁听的，有时就不免要靠西面那排书架坐着了。

东面那堵墙上，经常是有字画挂着的，常常是对联。这些对联，隔一段时间，就会换一副。当时印象比较深刻的，是这样一副：

> 鸦背夕阳移远塔；
>
> 马头黄叶坠疏钟。

之所以印象深，是因为"鸦"字和"塔"字的异体写法，我是第一次见到，不免少见多怪。这副对联的撰书者，署"子大程颂万"。千帆师晚年回忆道：

> 我的曾祖父霖寿，字雨苍，有《湖天晓角词》；伯祖父颂藩，字伯翰，有《伯翰先生遗集》；叔祖父颂万，字子大，有《十发居士全集》；父亲名康，字穆庵，有《顾庐诗钞》。先父是近代著名诗人和书家成都顾印伯先生的弟子，专攻宋诗，尤精后山。母亲姓车，名诗，字慕蕴，江西南昌人；外祖父名赓，字伯夔，侨居湖南，以书法知名当时。诗

是我的家学，我幼承庭训，十二三岁即通声律，曾写过一些当然是极其幼稚的作品，呈请子大叔祖和伯夔外祖批改。叔祖的批语有"诗笔清丽，自由天授"之语，外祖的批语是"有芊眠之思，可与学诗"。这些过情的鼓励对我后来致力诗学，当然有很大影响。

我和几个同学私底下议论，觉得对联中这两句诗，很有同光体的味道，"移""坠"二字的字法与营造的意境，又颇有现代诗的感觉，很是新奇。后来翻到汪辟疆先生的《光宣诗坛点将录》，看见程颂藩、程颂万这一对堂兄弟，被比拟为《水浒传》中的解珍、解宝兄弟，如此论诗，觉得好玩极了。我印象中，这副对联挂了好久，后来收了起来，至于收在哪里，并没有过问，总觉得大概还在他后人手里吧。

入学不久，我就得到一册老师的赠书——《闲堂文薮》(齐鲁书社，1984年)。书前插页有老师用隶书书写的一副对联，内容是：

幽溪鹿过苔还静；

深树云来鸟不知。

这两句出自中唐诗人钱起的七律《山中酬杨补阙见过》：

日暖风恬种药时，红泉翠壁薜萝垂。

幽溪鹿过苔还静，深树云来鸟不知。

青琐同心多逸兴，春山载酒远相随。

却惭身外牵缨冕，未胜杯前倒接䍥。

我很喜欢老师这娟秀一路的隶书，至于诗意，只觉其中饶有山林之趣，并没想到还有什么别的深的寓意。

2019 年 3 月 15 日，机缘凑巧，我来到岳麓书院讲学。东道主知道我与千帆师的师生之缘，主动提出让我看看书院所藏千帆师当年捐赠给他们的书画。于是我看到了程颂藩、程颂万、程康、程千帆三代四人的十几件书画作品。程颂万手书《竹山湾庐诗》诗卷轴上，留有顾庐老人（程康）的题跋："壬申三月，付昌儿永宝，顾庐记。"千帆师原名逢会，改名会昌，祖籍是湖南宁乡，老家在土蛟湖竹山湾（现改属长沙市望城区），顾庐就是他的父亲程康的号。这里的"壬申"，当指 1932 年。诗卷串联起望城程氏的三代，诗翰相传，真称得上是传家之宝。

千帆师晚年，有意识地将所藏书画古籍图书等物及身散之。对于图书，他的原则是学生中谁能用得着的，就送给谁。至于书画，他的原则是，原作者是哪里人，就送归哪里。程家世居湖南，岳麓书院是湖南省城的书院，加上程颂万又当过清末岳麓书院的学监。于是，程颂藩、程颂万、程康以及他自己的书画作品共十余件，就捐赠给了岳麓书院。人们注意到，新来的这位岳麓书院学监，于对联情有独钟。他为岳麓书院第二道大门，题写了一副嵌字格对联：

纳于大麓；

藏之名山。

上下联都有出典，上联出自《尚书》，下联出自《史记》，措词古雅，对仗工整，上联末字与下联末字，正好合成"麓山"，极为贴切。从另一个角度来说，这也是一副集句联，这个集句为联的爱好，与顾印伯也是一脉相承。实际上，他的著作，除了诗集词集之外，还有《木刻十发庵集字楹帖》《十发庵楹联集存》，可见他对楹联的浓厚兴趣。

据说，程颂万还将原山长罗典所题爱晚亭对联：

山径爱好舒，五百夭桃新种得；

峡云深翠点，一双驯鹿待笼来。

改为：

山径晚红舒，五百夭桃新种得；

峡云深翠滴，一双驯鹤待笼来。

不可否认，改动后的对联，显得更为精致了。

书院的主人为我打开了一副对联。我眼前一亮，三十多年前曾经长相注视的那副对联，映入我的眼帘："鸦背夕阳移远塔；马头黄叶落疏钟。"那一瞬间，风驰电掣，时光倒流，我仿佛回到了1980年代汉口路52号那个书房里。"原来到这里来了！"我禁不住叫起来。

殷勤的主人又打开了另一副卷轴。这副对联出自程颂藩之手。上下款很值得注意："子朴三弟属作斋联，昔人谓此二语可以检身悟学，愿与参之。""戊子四月兄颂藩倚装。"这里的"戊子"，指的是1888年，那是程颂藩生命中的最后一年，他为三弟程子朴写了这副对联，张挂在他的书斋里。这程子朴不是别人，就是千帆师的祖父程颂薰，字子朴，附贡生，四品衔候补同知。他是程颂万的亲长兄，也是程颂藩的堂弟，故程颂藩称其为三弟。对我来说，真正的奇迹是：这副对联写的，就是1984年我在《闲堂文薮》中看到的那联钱起诗："幽溪鹿过苔还静，深树云来鸟不知。"

《闲堂文薮》中的那副对联，是千帆师在壬戌年（1982）写的，上距清末戊子之年（1888），已经将近百年。祖孙二人，相隔近百年，写下同样内容的一副对联，同样写的是隶书，这难道是偶然的吗？我不知道千帆师书房中，是否曾经悬挂过程颂藩这副对联，至少我没有见过。但我相信，当老师下笔书写这副对联

程颂藩手书对联

的时候，他的伯祖父叮咛他祖父的那句"可以检身悟学"的话，一定回响在他的耳边。文脉贯串，百年一线。

"幽溪鹿过苔还静，深树云来鸟不知。"如何从这联诗中"检身悟学"呢？愿共诸君共参之。

程千帆先生的书法

今年是先师程千帆先生诞辰一百周年，南京大学文学院将举办一系列纪念活动。编辑出版这本《程千帆书法选集》，就是这些纪念活动中的一个。犹记得十年前的 2003 年，当师母陶芸先生所编《闲堂书简》初版面世之时，书前附有彩页 4 张，其中一页选印程先生致周策纵先生信中所录诗稿手迹，另一页选印程先生及沈祖棻先生所用印章若干方。许多学界同道观赏之后，爱不释手，但又感觉意犹未尽。这本书法选集的出版，庶几可以弥补这一遗憾，虽然仍旧只是尝鼎一脔，但已足以体味其甘旨了。

选集所收作品，绝大多数都是程先生 1978 年移砚南京大学后所作。编辑之时，按照书写形式与内容，分成条幅、横幅、对联、长卷、书札诗笺题录、题签和碑拓等七个部分，另附程先生用印若干方与砚铭一种。传统书法表现离不开笔墨纸砚，也离不开印章的钤盖与映衬。本书选录程先生所用印章二十方，其中既有姓名字号章，也有意蕴丰富风格各异的诸多闲章，从不同角度透露了程先生的人生感悟和闲情逸致。古人作砚铭，往往表达志趣，彰显个性。程先生自撰砚铭云"闲堂先生之研，穷愁著书以自见"，亦有此意。

程先生并不是一个职业书家，但正如著名书法家丛文俊学兄所说："世人皆知先生学术，不知先生晚年雅好临池，寄情翰墨，然则先生胸中渊著，所养不凡，操觚之际，格韵自高，非绳墨可循，亦非世俗所能想见，正所谓身在尘壤而志出重霄者也。古有书卷气之品，先生得其神髓矣。"所谓书卷气，首先体现在书写内容的选择上。程先生喜欢抄录古代诗文名句以赠友生，包括《庄子》《荀子》中的励学名句，以及韩愈、李商隐、王安石、萨都刺等人的诗句，往往信手拈来，时见其记诵之熟，腹笥之富。他也经常应友生之请，钞录自作诗篇和自作联语。对联是他偏爱的书写形式之一，他不仅为人书写自撰联，也常集句为联。他曾先后两次集李义山诗为联书赠张伯伟、曹虹夫妇。他书写的集宋诗联，颇多出自近代著名诗人和书法家成都顾印伯先生之手。顾先生以专攻宋诗著称，程先生的父亲穆庵先生（程康）是顾先生的弟子，曾为顾先生刊刻遗集。数十年之后，程先生又通过书写顾集宋诗联，与之遥结翰墨胜缘。此外，程先生还特别注意书写内容与题赠对象的关系。以"蠹鱼三食神仙字"书赠当时专治校雠学的徐有富，以"肯与齐梁作后尘"书赠当时正在研习六朝文学的笔者，以王安石《壬子偶题》书赠彼时专治宋代文学的巩本栋，不仅寄意婉惬，而且措辞古雅，淳雅浓郁的书卷气扑面而来。

程先生作书讲究布局，有些作品看似散漫，随笔赋形，实则布局严整，如书赠莫砺锋的横幅萨都刺五绝《过高邮射阳湖杂咏》，每行只有两字，而上下左右各字之间相互呼应，摇曳生姿。他还善于布局变化。同一首《石林绝句》，他曾多次书写，收入本书者就有三幅，其布局与结体各不相同，每一幅都自具特色。从书体来看，程先生主要擅长隶书和行书。其隶书结体匀整，以秀逸见长，其中"蠹鱼三食神仙字，海燕双栖玳瑁梁"一联，最显著地体现了这一特色。他的行书或为行楷，或为行草，晚岁更尝试融隶入楷，自成一格，大书题榜如"敬业""金陵苑"等，皆融隶入楷之佳制。论其风格，则或秀美，或苍劲，偶作渴笔顿挫，便如古藤老木，气韵沉雄。时或以气运笔，便若惊风动雨，酣畅淋漓，如所书王荆公《壬子偶题》，即是气盛笔宜、浑然天成之作。《寅恪六丈近诗》和《王荆公诗题跋》是本书诸作中年代较早的，前者整饬精工，后者蝇头小楷，足见先生中岁笔锋之锐，腕力之强，可惜历经劫火，已不能多见。80岁以后，他因患白内障而目力渐衰，故喜用瓦当联纸作书，运笔之时多凭感觉，无意求工，反而自然浑成，本书所收诸件瓦当联，大抵都是这一时期的作品，人书俱老，臻于化境。

寅恪六丈近诗

丁亥春避暑華園作

蔥、佳氣古幽州　隔岁重來渡不收

桃觀已非前度樹　藁街長望最高樓

楼名圓北盟仍多士　老父東城有捣

憂惘怅世年眠食地　一春残夢上

心頭

顧廛

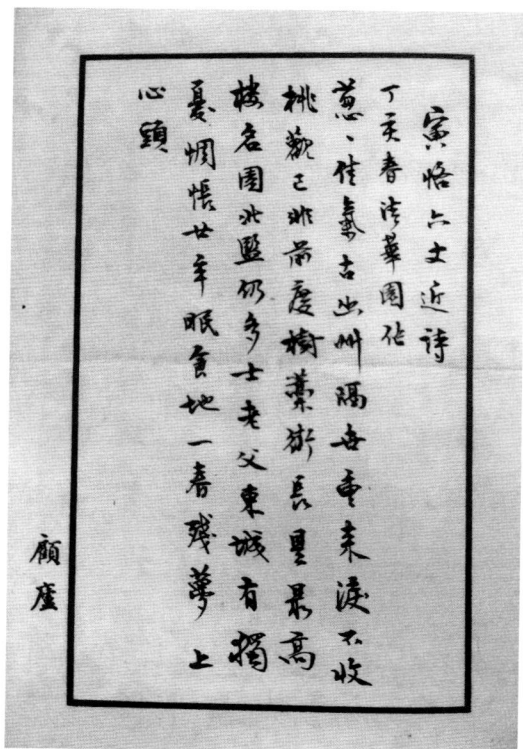

程千帆手录《寅恪六丈近诗》

　　程先生早年就读于金陵大学，他在这里刻苦攻读，转益多师，度过了不平凡的青春岁月；晚年回到南京大学执教，他在这里著书立说，教书育人，"人老建康城"——程先生恰好有一方刻有此句的闲章，已收入本书之中。今天的南京大学鼓楼校区，

240　　　　　　潮打石城

就是当年的金陵大学校园，在老金大礼堂的南边，树有一块"金陵苑"的碑刻，那三个矫健欲飞的大字，便出自程先生之手，今亦收入本书。最值得一提的，今天出版这本书法集的南京大学出版社，也在南大的鼓楼校区。时间、空间和人事，三者的交集汇聚于一册书中，见证了一段翰墨人生的奇妙因缘。

2013 年 9 月

周勋初先生的魏晋风度

　　周勋初先生是我的老师。虽然已经随侍老师 20 多年，我却惭愧地发现，如果让我用一句话来概括对周先生的印象，正如用一句话来概括周先生的研究范围一样，就颇费踌躇。

　　学术界的朋友都知道，周先生治学范围广阔，涉及先秦诸子、楚辞、魏晋南北朝文学、唐代文学、近现代学术史等，涉及辞书编纂和古籍整理，涉及古代文学理论批评和古代诗歌史以及笔记小说史，在《韩非子》、《文选》学、《文心雕龙》学、唐诗学及文献学等领域，都卓然成家。实在要概括，也许用"传统文史之学"来指称周先生的治学范围比较合适一些。所谓"传统文史之学"，按周先生的理解，并不专指文学和历史两门学科，而是包括人文学科和社会科学的许多门类，如哲学、宗教、思想等，内容广泛，而且彼此不可分割。周先生倡导在文献学基础上进行综合研究，实际上是对"文史不分"的中国学术传统的继承

　　　　　潮打石城

与发扬，也体现了他在学术研究中坚持的中国文化本位的立场。

但是，奇怪的是，每次想到周先生的学术研究，我脑子想到的，却是他的魏晋南北朝文学研究。很多时候，我甚至不假思索地将周先生与魏晋风度联系起来。我想，这可能与我个人的专业有关。我主要从事魏晋南北朝文学研究，自然较多关注周先生在这一领域里的研究成果。确实，周先生在这一研究领域建树甚多，在他较早的那本论文集《文史探微》中，就有好几篇论文堪称魏晋南北朝文学研究的经典名篇，比如《魏氏"三世立贱"的分析》《阮籍〈咏怀〉诗其二十新解》《梁代文论三派述要》《刘勰的主要研究方法——"折衷说"述评》等，皆独辟蹊径，思新论闳，启示学界良多。细思起来，这都只是表面现象，实质上，周先生身姿玉树临风，为人洒脱自然，文章简洁明快，清峻通脱，处处透着魏晋风度。

1950年，周先生考入南京大学中文系。在他早年所接触的老辈学者中，还颇有一些存魏晋风度之流风余韵者，周先生深受濡染。在其后的历次政治运动中，政治出身不好的他始终面临着危险，处境与魏晋文士颇为相似。与此同时，由于学有专长，做事认真负责，他又常被当作使用对象，被分配承担重要的具体任务。他总是随遇而安，干一行爱一行，抓住一切机会读书写作。《九歌新考》《韩非子札记》和《高适年谱》等书，都是在完全看不到出版前景的日子里撰写的。新时期以后，学术环境大有改善，周先生焕发精神，开始快乐地工作着。学术任务和社会活动与日俱增，但周先生毫无怨言，而是随顺世缘，广有撰作，直到耄耋之年，犹然笔耕不辍。

"以不变应万变""无为而无不为"，是周先生爱说的两句话。记得 1980 年代中期，汹涌澎湃的经济大潮席卷中国大地，也冲击着本该宁静的大学校园，"造导弹的不如卖茶叶蛋的"，这句俗语便是对当时脑体收入严重倒挂的社会现象的生动描述。刚开始读博士的我，心里也不免有烦躁。有一天，在南园橱窗里，见到研究生院正在展出"名家寄语"，有周先生题写的六个字"以不变应万变"，当下真如醍醐灌顶，感觉周身顿时清凉了起来。后来，我又在另一篇文章中，看到周先生对这句话的详细解释，更加深了理解："如果你热爱专业，深信自己在这领域中可以作出应有的贡献，那就要有以不变应万变的精神，应该抓住目前的青春时期，努力攀登，而不要左顾右盼。"如今，时过境迁，学界的浮躁早已花样翻新，但对天下有志向学的年轻人来说，周先生的这句寄语仍是针对性很强的智慧箴言。

2000 年 9 月，《周勋初文集》七卷本在江苏古籍出版社出版，周先生将第七卷题为《无为集》，亦有深意存焉。"无为"二字，可以用他另一句话来解释："顺其自然地登攀"，"若用传统文化中的哲理来说，这或许也可以说是道家的处世态度和儒家的进取精神相结合吧"。"自然""无为"本来就是魏晋文化史上的关键词。在我看来，"以不变应万变"和"无为而无不为"，两句正好可以凑成一对，互文见义，阐释了周先生魏晋风度的具体内涵。

平日侍坐，听周先生闲谈学林掌故，娓娓道来，是一大乐事。众所周知，陈寅恪和陈垣是近代史学两大家，成就巨大，而学术风格各不相同，周先生曾把二陈分别比作汉代将军李广和程不识，简短妙喻，意味玄远，大似魏晋人之清言。

据说，有一次周先生在外地出差，出租车司机见老先生银发纹丝不乱，身躯伟岸，腰板挺直，猜想他是一位将军。周先生笑笑，不置可否。我想，如果把高水平的学术研究比作攻坚战，那么，称周先生是一位身经百战的将军，他是当之无愧的。今天，这位已经82岁的白发将军依然活跃在战场上，精神矍铄，像一棵挺拔的不老松。

不管从作为天下公器的学术考虑，还是从师生情谊出发，我都感到，这是一件特别值得高兴的事。

2011年5月

怀念郭维森老师

　　1983 年初夏的一天，天刚刚有些热，我到南京大学参加硕士研究生面试。面试的地点，是在鼓楼校区北园西南楼二楼的一间小教室里，那时候的中文系古典文学教研室，就设在这间小小的教室里。那是我第一次见到郭维森老师。参加这场面试的老师，我记得还有程千帆先生和吴新雷先生。那一年，南京大学中文系中国古代文学专业招收的是唐宋文学研究方向的硕士生，我和另外四位同学参加面试，后来都被录取了。面试的时候，各位老师分别问了一些问题，有一些问题我到现在还记得，大多数问题却都忘记了。郭老师留给我的第一印象是：圆圆的脸，戴着眼镜，一双笑眯眯的眼睛，特别和蔼可亲。后来，我跟郭老师接触多了，从听他的课，到毕业后留校，成为他的同事，再到郭老师退休，前后 28 年，这最初的印象一直留下来，没有磨灭。

　　硕士学习期间，郭老师给我们上过两门课程，一门是"《史记》研究"，另一门是"唐宋散文研究"。他上课极为认真，对文本精讲细析，一丝不苟。上这两门课时，他很注重让我们阅读原始文本，获取第一手资料，并划出指定篇目，要求我们精读，要求每篇都写读书札记。这种读书法使我们受益匪浅，让我们体会到掌握第一手材料的重要，也享受到优游沉浸于文献文本之中的乐趣。现在想来，这其实是引导我们打好基础，练好基本功，慢慢步入读书治学的大门。郭老师不仅注重文本解读，而且还介绍各种研究资料，扩大我们的眼界。以前读《史记》，我大体上只看重太史公的文章，甚至只是注意其中生动曲折的故事，对有关《史记》的各家注释以及历代研究成果，关注甚少，文献知识相当匮乏。郭老师对《史记》研究用功很深。在他的"《史记》研究"课上，我才真正了解了《史记》三家注的重要性，也第一次知道了日本学者泷川资言的《史记会注考证》，并开始对国外学者的汉学研究有所注意。硕士毕业后，我继续跟随程千帆先生攻读博士学位，《史记》是程先生指定我精读的若干名著之一。具体负责指导我阅读《史记》的，就是郭老师，于是，我又在郭老师指导下再次研读《史记》。如今，翻开家中的《史记》，上面还留有我当年阅读时的批注，再翻开当年完成的课程作业，还有郭老师的批阅意见，捧读在手，不仅感今思昔。

　　1989 年我博士毕业留校，与郭老师成了同事，倍感荣幸。我们两人同在一个支部，最初一段时间，支部活动比较多，每隔一周，就有一次支部学习，其实也就是大家在一起聚会，交流对时事政治的看法。那是一个非常敏感的时代，国家发生了那么大的事，社会经历了那么大的动荡，校园内外都不太平静。有人激愤，有人彷徨，有人迷茫，有人旧疾复发，兴奋地挥舞棒子。我刚刚工作，从没有经历过这一类事，好在有诸位老师们带着，很平顺地度过了这个时期。

我工作的部门是古典文献研究所，与古代文学教研室同属两古学科，同属一个国家重点学科，但工作侧重毕竟有别。古代文学教研室不要求坐班，所以，平时与郭老师接触的机会并不多。曾经有一次，因为工作上的一件事，我发了一些牢骚，也许还稍微形之于色，并没有人把这当一回事。只有郭老师敏感地察觉到我的情绪，过来跟我谈话，温和地开导我，也委婉地批评我。虽然我当时未必赞同他的说法，认为他的想法过于善良，但我也知道，他的开导绝不是故意在我面前唱高调，他的批评也是出于对我的爱护。相反，他是言行如一的。他温和谦逊，向来淡泊名利，是一个谦谦君子。这件事让我体会到，他是真的关心我，爱护我。

文如其人，学亦如其人。郭老师所选择的学术研究领域，也与他的性情密切相关。他的治学主要集中在四个方面：一是屈原《楚辞》，二是司马迁《史记》，三是陶渊明的诗歌，四是辞赋研究。在这几个领域，他都有成果，即《屈原》《屈原评传》《司马迁》《陶渊明集全译》《中国辞赋发展史》这几种专书。《屈原》和《司马迁》虽字数不多，但书中娴熟运用了大量的史料，加上细致缜密的解读，没有随意戏说，没有妄加推测，字里行间倾注了老师对屈原、司马迁高洁正直人格精神的赞美，充满了对他们遭受迫害坎坷的感慨和悲愤。《陶渊明集全译》力求准确译出陶诗诗意，同时也很重视推敲字句，使译文更富诗歌的韵味。《屈原评传》既论述了屈原的文学业绩，又从政治观、天道观、人生观、审美观、爱国思想等方面，分析了屈原在中国思想文化史上的突出贡献与深远影响，论证了他在中国思想文化史上的重要地位。对于屈原的生平事迹、作品真伪等问题，郭老师总是介绍众说，并认真分析，避免率尔立说，不作简单化结论，体现了他的审慎严谨的学风。他的辞赋研究，是从屈原《楚辞》研究拓展而来的，后来他主持了教育部社科基金项目"中国辞赋发展史"。他与许结教授合作的《中国辞赋发展史》，早已成为新时期中国辞赋史研究的标志性作品。在中国文学史上，屈原、司马迁、陶渊明都是伟大的作家。屈原对于理想的热烈追求，司马迁的高洁人格以及《史记》的抒情性，陶渊明恬淡平和的人生，在郭老师身上都留下了深深的烙印。他固守学者本色，坚持淡泊谦逊的人生，执着追求自己生命的意义，他的著作文笔优美，有浓郁的抒情色彩，突显着他的诗人气质。他之所以对屈原、司马迁和陶渊明情有独钟，正是因为主客双方气性相宜。

退休后的郭老师，依然勤奋读书，笔耕不辍。我不断收到他赠予的新著，有《诗思与哲思》《逝水滔滔心路遥遥》《零敲碎打集》和《古代文学的现代意义》等，捧读着这些新著，不禁感叹老师的勤勉，眼前就有一幅秉烛夜读的画面。要知道，这些著作都是他在晚年撰作的。他的视力本来就不好，退休之后，眼疾又有加重之势，曾经专程去北京看过，似乎也没有多大好转。在这种条件下，看书写作，已经脱却所有名利的计较，不仅需要对专业的挚爱，还需要很大的毅力，才能坚持到底。《逝水滔滔心路遥遥》是郭老师对自己一生的回顾，我印象比较深的是在书中读到他中学时代写的文学习作和发表的诗作，年轻时的郭老师也曾是那么意气风发，充满浪漫情怀。书中还写到他在"文革"中的经历，特别是他被打成所谓"五一六分子"的那段经历，让我了解到，这位平和的好好先生身上是有硬骨头的。其他几本书，有的是郭老师晚年对人生的思考，有的是他对学术研究的反思，有的则是他对古诗中的哲思的思索，体现出一位学者不断进取、探求人生意义和学术真谛的可贵精神。退休以后的郭老师，读书没有停止，写作没有停止，思考也没有停止。

2010年教师节，南京大学文学院为郭老师举办八十华诞庆典，中国古代文学学科的同仁们和专程从远道赶回母校的以前的毕业生们济济一堂，气氛隆重而热烈。此前，我就想为郭老师撰写一副寿联表达我的心意。再三思量，觉得郭老师学者本色，手

　　　　潮打石城

不释卷，一生淡泊，晚年又特别喜欢陶渊明诗，于是决定从《陶渊明集》中集两句诗作为对联，希望诗句既能体现郭老师的人品道德，又能表达贺寿之意。几经翻拣，终于选定陶渊明的两句诗："诗书敦宿好，王母怡妙颜。"上联是说郭老师的爱好，下联是说郭老师的形象，他为人慈祥和蔼，笑颜常开，妙如王母，也当寿如仙人。选定诗句后，我又特意买来颇有喜气的红底洒金瓦当联宣纸，操笔书写。我平时爱好书法，但疏于练习，一副对联，前后写了十几次，最终才从中挑选出一副勉强过得去的送去装裱。华诞庆典那天，我将这副对联送给郭老师，对这菲薄的秀才人情，郭老师很高兴地收下了。庆典之前，我特地通知了远在外地工作的硕士同届同学李立朴和张辉，他们都不远千里，赶来为郭老师祝寿。师生相聚，其乐融融，大家都衷心祝贺老师健康长寿，晚年幸福。我们一起吃了生日蛋糕，最后，我和几位同学一起送郭老师回家，一路欢声笑语，聊了很多。我们又在郭老师家坐了一会儿，告辞的时候，郭老师回赠每人一个好大的寿桃，汁很多，很甜。

郭老师的家原来住在六楼，那栋楼没有电梯，老人上下楼颇为不便，后来，为了他出行方便，搬到另一栋有电梯的楼房居住。这有助于他活动身体，呼吸户外的新鲜空气。八十大寿庆典那天，郭老师面色红润，思路清晰，腿脚虽然不太灵便，暂时倒也没什么大碍。没有想到，仅仅过了一年，就传出郭老师身体不太好的消息，而且越来越不好。2011 年 5 月，郭老师住院了。期间我去省中医院探望，当时病情不太稳定，郭老师话并不多，但我心底里还是期盼着老师能以他顽强的毅力闯过这一关，却没有想到，他连那年夏天都没有挺过去。也许，对他来说，早点结束病痛的折磨也是一种解脱。

如今，郭老师虽已离我们远去，但他的音容笑貌依然是那样清晰，时时浮现在我的脑海中。多年以前，他开导我的那一席话，我至今记得，记得那是他对学生的关心和爱护。他当然也说过一些鼓励我的话，我听的时候笑笑，过后就忘却了。在郭老师遗体告别仪式上，我代表学科同仁敬献了一副联："蕙茂兰芳，怀好雨知时，玄圃遽归空洒泪；经传道在，念和风拂座，绛帷长闭黯伤心。"我想，这不仅是我个人的感情，也是大家的心声。

《南雍随笔》前言

2007 年，山东文艺出版社出版了一册《学府随笔（南大卷）》，这是南京大学中文系教师的随笔集。从书名看，这很像是一套丛书，"南大卷"之外，应当还有其他学校卷，尽管我并没有看到。书是本系许志英老师主编的。我清楚地记得，许老师向我征文的时候说过，这本随笔集只是第一本，以后还可以有续编。我不知道他说的以后具体是什么时候，也许三五年，也许七八年，也许在某个有纪念意义的年份，我心里暗自猜想。

南京大学中文系历史悠久，屈指算来，今年恰逢一百周年。虽然几年前，中文系就已改名文学院，但其间的血脉是不曾间断的。无论如何，百年院庆算是大日子，总要留下一些可备未来纪念的东西，在这个时候来编一册本系教师的随笔集，应该是恰当其时吧。院务委员会将这个任务交给我，我第一时间想起的，便是许老师编的那册《学府随笔（南大卷）》。

随笔是个极其宽泛的概念，也许每个人的理解都不一样。许老师将其理解为"随意之笔"，这或许确实有些"望文生义"，却很好用。抒情可以，描写可以，怀人也好，记事也好，随意挥洒，任情发挥，这就是随笔。都说中文系不培养作家，但研究语言文学的人总会写些随笔，也总要有些与众不同吧。若要指实这点不同，或许可以说就是许老师所谓的"学术性"和"书卷气"。既然认可许老师对随笔的界定，我就仿照他当年征文的大意，写了一个征稿启事，向全院老师征集随笔。篇幅有限，我担心字数太多有所不便，于是规定每位老师最多交两篇，两篇总字数原则上不超出5000字，还规定了交稿的截止日期，怕无止境的拖延会影响后续的编辑出版进度。这样处理实在有失机械，情非得已，实际上，有些文章非常精彩，只是字数超了一些，我最后定稿时，实在不忍割爱，只好自食其言。

这本随笔集收录了62位本院教师的作品，已占本院教职员工六成以上。还有些老师可能工作过于忙碌，这次没顾得上贡献大作，诚为美中不足。每位老师或一篇，或两篇，出于自选。内容五花八门，或回忆往事，或感怀人生，或漫谈学术，或见才情，或重思想，或于自家的专业念兹在兹，不假考索，就能看到不同的个性经历，猜出各自的专业背景，正所谓文如其人，各见性格。我曾经抑制不住兴奋，与几位同仁聊到自己作为编者先睹为快的感觉。实际上，这本随笔集好有一比，它是百年院庆之

潮打石城

时本院的一次"笔会"：同仁们欢聚一堂，以文字铭刻岁月的屐痕，珍惜胜缘，见证历史，岂止"盍各言尔志"哉！

此集的命名，令我踌躇再三，最后定名为《南雍随笔》，朴实无华。众所周知，"南雍"是南大的雅号，那么，《南雍随笔》一名如果翻译成现代汉语，大概就是《学府随笔（南大卷）》吧。

《南雍随笔》书影

草场门桥

　　我在草场门外住了十五年。草场门这地方，原先既没有门，也没有桥。

　　明代首都南京的城门，向来有"内十三、外十八"的说法。南京有一首民谣，历数内城十三门："神策金川仪凤门，怀远清凉到石城。三山聚宝连通济，洪武朝阳定太平。"这民谣只有四句，每句只有七个字，又要合辙押韵，没办法，就把钟阜门给拉下了。草场门不属于内城十三门，也不是外城十八门之一，这民谣中自然没有它的名字。道光十年（1830），在这附近锄地的菜农，居然锄出了几十枚大铁槌，这让人联想起杜牧《赤壁》中的诗句："折戟沉沙铁未销，自将磨洗认前朝。"那些大铁槌不知道是哪朝哪代的东西，想来应该是兵器，至少与作战有关。此地靠近石头城，曾经是古战场的所在，发现大铁槌也不足为奇。近代考古学家曾在这里挖到明代的排水道，此处在明代并非荒凉之

　　　　　潮打石城

地，只是少些名堂。清代末年，为了便于外秦淮河东西交通，把这里的城墙开了个口，因陋就简，便有了草场门的名号。

草场门大桥

跟其他城门相比，草场门这名字真是土得掉渣儿，不通风雅。这地方靠着城墙根，一过河，就出了城，给我的感觉，相当于城郊结合部。1982年夏天，我初次到南京，在华东水利学院住了几天。华东水利学院简称"华水"，西校门就靠着虎踞路。同学陪我闲逛，从这个西校门出来，往北一拐就到了草场门。草场门四角，有民国时代建的四栋楼宇，顶着民族式的大屋顶，各踞一方。那时，城西干道还在整治，大兴土木，烟尘飞扬，更加深了我的城郊结合部的印象。如今，华水早已改名河海大学，其主校区也早已迁到江宁，昔日的虎踞路先是有了高架桥，再由高架桥变为隧道，交通早已立体化，而熙熙攘攘的车流人流，也更是今非昔比了。

所谓草场，其实是草料场的简称。明代军营屯集草料于此，挨近河边，是为了方便水路转运，也有利于防火。早年读过《水浒传》，还记得"林冲火烧草料场"那一幕。没想到，这记忆根深蒂固，与我对草场门的最初想象纠缠不休，至今仍有后遗症。有好几年，我每次经过草场门，都要向四周张望，心底依稀存有一丝期待：那些屋宇背后，可能还残存一两个当年的草垛。这当然是可笑的。今日的草场门早已是通衢，先有草场门广场，是个交通枢纽，四通八达的道路由此延伸出去。再有草场门桥，跨过外秦淮河，便是笔直宽阔的草场门大街。沿草场门大街两边，一批小区应运而生，原先的村庄田野，转眼间竖起了一幢幢高楼，不知是谁，给这些小区起了"白云""蓝天""芳草""碧树""阳光""月光"之类的名字，似乎要给这一片钢筋水泥建筑群找补一点久违的田园诗意。总之，不几年工夫，周边车流滚滚，人声鼎沸，时尚商店和大型超市等公共设施也如雨后春笋一般出现，好比磨旧的土布大褂之上，罩上一身崭新洋装，阔起来了。

草场门大街沿线，居民密集，公车线路很多，东边有一站叫草场门，西边有一站叫草场门桥，大多数公车都要停靠。外地人多半弄不清楚这两站的区别，就算本地人，不熟悉这一带环境的，怕也要被搞糊涂。现在这座草场门桥，建成时间不长。建好不久，就碰上河西大开发，一下子涌进十几万住户，车子日渐其多，挡也挡不住，赶紧拓宽桥面，双向四车道变成八车道。改造前的草场门桥，不知是哪位的手书行草，改造后，桥名变成隶书印刷体，少了好多韵味。刚改造完那一会儿，交通顺了好些，但这几年车子越来越多，上下班时间，有时从草场门广场一路堵到草场门桥。这时，坐在高高的大巴车上，最适合举目眺望城墙河堤，或者，俯视桥下迷蒙的烟水，着急不得。若车上太挤，那就只能闭目闲想了。

草场门两边城墙，早被拆掉一大截，这一段的秦淮河东岸，因而显得空阔。前两年，桥南桥北，河东河西，沿河堤作了景观规划，整治一新。从最高的河堤，到最低的河岸，高低错落，分出三四层。绿柳荫下，笔直平坦的小路伸向前方。连路上铺的石板，也精心安排过，隔几步，就有一块雕了图案的，不是三国青瓷羊尊，便是东晋陶罐，或者是南朝水洗，很见六朝古都的地方特色。从前，南齐东昏侯宠爱潘妃，用金箔做成莲花的模样，贴在地面上，让潘妃踏着金莲行走，称赞为"步步生莲花"。如今，屐履踏过这些六朝图案，大概可以说是"步步生六朝"吧。不知踩踏而过的，有多少人留心察看。倘能在心底留下一些记忆，或从心头泛起对六朝的念想，就算不负设计者的苦心了。

东岸河堤的斜坡，有的削成平整的墙壁，隔几十米，嵌上一块石画像，主题是"金陵四十八景"，像一组连环画。虽说线条粗糙了一些，字迹也不甚讲究，这创意却是好的。河的东岸，靠近桥北，辟出一大片地，高低掩映，规划成休闲文化区，雅号"水木秦淮"，也叫"南艺后街"。此地背靠南艺，店家不免应景，开出很多美术器材商店。这两年又多了些酒店，一字排开。到了周末，这里便成了文物古董交易市场，小摊贩也是一字排开，几十上百号，蛮壮观的。有两次我恰巧路过，看了几眼，粗制滥造的东西居多，稍能入眼的，价格就高得离谱。生意好像很清淡，不过，这种生意，也许正如老话说的，三年不开张，开张吃三年。

在我的印象中，草场门桥应该是外秦淮河上最宽的一座桥。我没有精确的测量数据，只是凭感觉。细分这感觉，一是车道多，一是桥洞大。说到桥洞，又高又宽，实在大得吓人，像《庄子》中说的瓠落。还得佩服城管部门有想法，善于变废为宝，稍事搭建，桥洞就分隔成若干房间，做成临时办公室，还可以住人。这些房间屋顶高，有门有窗，有灯有水，还有空调，一应齐全，一点也不逼仄，桥面老厚的，漏不下多少噪声，论条件，二十世纪八十年代那会儿的简易旅馆都比不上。房子两边还留下一大片空地，周边无风，正好可以打羽毛球，地闲着也是闲着，有人干脆就把它当停车场。这简直就是一个独立的小村庄。每次从桥洞下走过，我都这么想。

东便桥

可以肯定，不用多少年，人们就会忘记，这里曾经有过一座东便桥。我得赶紧记下来，免得自己遗忘。

东便桥让我想起东便门、西便门，想起帝都北京。南京是做过十朝古都的，有这样的桥名也不奇怪。说是东便桥，因为在雨花桥之东。雨花桥拆除重建，从江宁路、雨花门往南过秦淮河，没有了通道，就临时搭了这么一座桥。打几个桩脚，铺上铁板，两边围起来，就可以走人。自行车、电动车、摩托车都没有问题，很多人不推行，一冲就过去了。靠着城墙根儿，有不少老人负暄而坐，有一句没一句搭话儿，也有四人围成一圈打牌的，大约都是左近的街坊百姓，天好了，相约出来活动。就是不能开汽车，公交车也要绕路走，不过，无奈之余，有此方便的小桥，也算不错了。

东便桥的南面，邻近 1865 产业园。南京人喜欢以年份作名号，除了 1865，众所周知的，还有 1912，后者似乎更红火。大家也都承认，这是有点新意的。不信，把 1912 换作"民国元年"，或者将 1865 换成"同治四年"，就显得文绉绉的，什么意思啊！对不懂历史的人，赤裸裸的一个数字更好，故意遮遮掩掩，有点故弄玄虚、莫测高深的意思。要的就是这个效果。

从长干桥往东，河的南岸就是扫帚巷、养虎巷，原来有路，可以通车。记得许多年前，王伯沆周法高纪念馆开馆之日，我代表单位去送花篮，花篮太大，面包车都装不下，只好用一辆大卡车装了去，煞费周章，就是从这条路穿过雨花门，绕到纪念馆的，可见巷子不太窄。如今都封闭起来了，扫帚巷这边，是大报恩寺重建工地，围了起来，什么也看不见，事实上也没什么好看的。

上面的路既不通，只能下到河边，循水而行，幸而还有小路。靠近养虎巷，又被拦起来，里面便属于 1865 产业园。河岸边没有整治，连行人走的路也没有。1865 产业园像个庞然大物，大模大样的，把附近的秦淮河岸都占去了。蜿蜒十余里的秦淮河步道，到这里无端断掉了。

正在重建的雨花桥东边，却有这么一座东便桥，虽然逼仄，虽然简陋，虽然注定昙花一现，但却存有一份与人方便的良心，可与秦淮河水共永久。

潮打石城